倡导诗意健康人生
为诗的纯粹而努力

阎 志
主 编

我是谁

中国诗歌
【第83卷】

2016 · 11

主　　编：阎　志
常务副主编：谢克强
副　主　编：邹建军

编　委（以姓氏笔画为序）：
田　禾　叶延滨　李　瑛
祁　人　吴思敬　杨　克
张清华　邹建军　陆　健
林　莽　路　也　阎　志
屠　岸　谢　冕　谢克强

发稿编辑：刘　蔚　熊　曼　朱　妍
　　　　　李亚飞
美术编辑：叶芹云

编辑：《中国诗歌》编辑部
地址：武汉市盘龙城经济开发区
　　　第一企业社区卓尔大厦
邮编：430312
电话：(027) 61882316
传真：(027) 61882316
投稿信箱：zallsg@163.com

目录 CONTENTS

4-16		著名诗人马新朝纪念特辑
5	中国当代杰出诗人、闻一多诗歌奖获得者马新朝去世	
6	马新朝同志生平	
8	泄露天机的人	何　弘
10	送新朝兄西归	萍　子
11	值得我下跪的人	田　禾
14	送行	谢克强

17-28		头条诗人
18	水袖（组诗）	荣　荣
28	我愿意守着我的"小"……	荣　荣

29-44		原创阵地
高春林　冷盈袖　蓝　紫　马慧聪　尹　马　张凡修
蟋　蟀　杨建虎　吴治由　卢悦宁　王志国　从　安
王长江　辚　啸　鲍秋菊

45-75		实力诗人
46	伊甸的诗	61 王老莽的诗
49	牛庆国的诗	64 张静的诗
52	宁延达的诗	67 徐立峰的诗
55	乌云琪琪楠的诗	70 郭辉的诗
58	田冯太的诗	73 谢克强的诗

76-79		新发现
77	陌生人（组诗）	孙　念

80-86		女性诗人
81	那时（组诗）	申　艳
86	我的诗，我在它们的对面	申　艳

87-96	中国诗选

娜 夜　白 玛　王单单　周碧华　熊 曼　吕贵品
叶 舟　黄 浩　李元胜　林 莉　晓 雪　王学芯

97-107	散文诗章
98　书法家（十三章）	旭 宇
103　在武当山看星星（十四章）	草馨儿

108-119	诗人档案
110　商震代表作选	
116　手握铁钉的人走向炉火	霍俊明

120-129	外国诗歌
121　非洲诗选	周国勇　张 鹤／译

130-144	新诗经典
131　李瑛诗选	
138　鲜明的意象与精美的语言	段亚鑫

145-150	中国诗人面对面
146　中国诗人面对面——吴思敬专场	吴思敬　谢克强

151-154	诗学观点
151　诗学观点	李羚瑞／辑

155-156	故缘夜话
155　精诚所至	李亚飞

封三封底——《诗书画》·郭新民书画作品选

本期插图选自 Thaulow, Fritz 作品

图书在版编目（CIP）数据

我是谁／荣荣等著.-北京：人民文学出版社，2016（中国诗歌／阎志主编）
ISBN　978-7-02-012216-5

Ⅰ.①我…　Ⅱ.①荣…　Ⅲ.①诗集-中国-当代②诗歌评论-中国-当代-文集　Ⅳ.① I 227② I 207.22-53

中国版本图书馆 CIP 数据核字（2016）第 282592 号

责任编辑：王清平
装帧设计：海　岛
责任校对：王清平

人民文学出版社有限公司出版
http://www.rw-cn.com
北京市朝内大街 166 号　邮编：100705
武钢实业印刷总厂印刷　新华书店经销
字数 210 千字　开本 850×1168 毫米 1/16　印张 9.75
2016 年 11 月北京第 1 版　2016 年 11 月第 1 次印刷
ISBN 978-7-02-012216-5
定价 10.00 元

如有印装质量问题，请与本社图书销售中心调换。电话：01065233595

马新朝

纪念特辑

1953.11 ~ 2016.9

COMMEMORATIVE SPECIAL EDITION

马新朝在第四届闻一多诗歌奖颁奖典礼上。

马新朝（左二）以组诗《黄土高天》获第四届闻一多诗歌奖。

著名诗人马新朝纪念特辑

中国当代杰出诗人、闻一多诗歌奖获得者马新朝去世

我国当代杰出诗人、第四届闻一多诗歌奖获得者马新朝同志于2016年9月3日16时50分因病于郑州去世，享年63岁。

马新朝，河南唐河人，1953年11月24日出生。1970年11月至1985年1月，在中国人民解放军陆一军二师服役，历任战士、副连职干事、副营职干事、宣传股长等职，荣立三等功一次。1985年2月至2005年4月，在《时代青年》杂志社工作，历任编辑部主任、副总编、副编审、编审。2005年5月调到河南省文学院工作，任副院长，一级作家。他是河南省优秀专家、首批"全国青年报刊优秀工作者"、省直五一劳动奖章获得者、河南省首批"四个一批"人才、中国作家协会会员。曾任河南省作家协会副主席、中国诗歌学会副会长、河南省诗歌学会会长。

马新朝先后出版学术著作和文学著作多部。著有诗集《幻河》、《黄河抒情诗》、《响器》，报告文学集《人口黑市》、《闪亮的刀尖》、《河魂》，散文集《大地无语》等。他的《幻河》获得第三届鲁迅文学奖、组诗《黄土高天》获得第四届闻一多诗歌奖，另获上官军乐杰出诗人奖、第三届河南省政府文学奖、《十月》杂志文学奖等多种文学奖。

马新朝对民族、对人民充满热爱，是一位具有历史使命感和责任感的杰出诗人，为中国当代文学写下了壮丽的篇章，做出了突出的贡献。他的逝世是中国诗歌界的重大损失，也使我们《中国诗歌》失去了一位真诚的朋友！

马新朝同志生平

　　河南省作家协会原副主席、河南省文学院原副院长、中国诗歌学会副会长、河南省诗歌学会会长马新朝同志于2016年9月3日16时50分因病于郑州逝世，享年63岁。

　　马新朝同志是河南唐河人，中共党员，1953年11月24日出生。他是河南省优秀专家、首批"全国青年报刊优秀工作者"、省直五一劳动奖章获得者、河南省首批"四个一批"人才、中国作协会员。他曾做过第四届鲁迅文学奖初评评委，河南省政府文学奖第四、第五届评委。

　　马新朝同志于1970年11月至1985年1月，在中国人民解放军陆一军二师服役，历任战士、副连职干事、副营职干事、宣传股长等职，荣立三等功一次，其中1979年至1984年先后两次从部队被借调到浙江省文联《东海》杂志社任编辑工作，并从事小说、诗歌写作。1985年2月至2005年4月，在《时代青年》杂志社工作，历任编辑部主任、副总编、副编审、编审，在杂志社期间利用业余时间写作诗歌、报告文学等。2005年5月调到河南省文学院工作，任副院长，一级作家。

　　马新朝同志先后在《诗刊》、《人民文学》、《中国作家》、《人民日报》、《上海文学》、《十月》、《中国诗人》、《绿风》、《莽原》、《河南日报》等报刊发表数百万字的文学作品和上千首诗作，出版有学术著作和文学著作多部。著有诗集《幻河》、《爱河》、《青春印象》、《黄河抒情诗》、《乡村的一些形式》、《低处的光》、《花红触地》、《响器》，报告文学集《人口黑市》、《闪亮的刀尖》、《河魂》，散文集《大地无语》等。他的《幻河》一出版，就引起了国内文学界的重视，产生了很大的影响，并获得第三届鲁迅文学奖。国内外一些文学评论家也对马新朝的文学创作给予了充分肯定，其中，浙江大学教授、评论家骆寒超先生认为马新朝同志是我国当代少数几位优秀诗人之一。《幻河》的出版引起文学批评界的关注和一致好评，中国作协副主席吉狄马加认为《幻河》是近年来中国诗坛一部不可多得的佳作；评论家陈超认为《幻河》是"五四"以来写黄河最好的作品；浙江评论家龙彼德认为，《幻河》可以与李伯安的长卷绘画《走出巴颜喀拉》比美。《低处的光》是马新朝创作上的新成就、新突破，是中国诗歌的重要收获。国内学者专家谢冕、吴思敬、杨匡汉等认为马新朝创作势头正旺，在全国有重大影响，是河南诗歌的领头羊、代表诗人。马新朝作品先后被翻译成英文、日文、韩文、阿拉伯文、希伯莱文等。他曾随中国作家代表团访问过以色列、德国；随河南作家代表团访问过日本、韩国、俄罗斯、埃及、土耳其等，与外国作家进行了广泛的学术交流。他写的朗诵诗，《美好中原》在北京人民大会堂朗诵后，得到中央领导的好评，李长春同志在讲话中说

著名诗人马新朝纪念特辑

《美好中原》这首朗诵诗写得很好，把中国五千年的文明和现代有机地结合，如果谁不了解河南，就让他读读这首诗。马新朝还获得过第四届闻一多诗歌奖、上官军乐杰出诗人奖、第三届河南省政府文学奖、《莽原》杂志文学奖、《十月》杂志文学奖、国家公安部文学创作一等奖，多次获得团中央和国家新闻出版署颁发的报告文学作品一、二等奖。他曾因工作突出被团省委表彰。河南省委宣传部、河南省文联、河南省作家协会、河南省文学院等单位于2005年7月6日在省文学院召开了马新朝同志表彰会，给他很高的评价，省内外的媒体给予了充分的报道。

马新朝曾说："诗歌是我生命的灯盏，我一边用它照看自己，照看这个苍茫的人世，一边用手罩着，以免被四周刮来的风吹灭。我相信词语后面所隐藏着的神秘的真相以及真理的美和拯救的力量。"他认为"诗人应该给这个世界一些爱，一些温暖，一些拯救的力量。诗应该为活着寻找一些理由。诗是带有体温的文字，1000年后它还有体温"。

马新朝担任河南省诗歌学会会长期间组织了大量诗歌活动，为河南诗歌的发展和壮大发挥了巨大作用。他多次说到河南省诗歌学会作为一个为省内诗人服务，与国内外诗人学习、交流，抱团取暖的平台，它的大门是敞开的。"我希望大家要像苏金伞先生一样具有宽广的胸怀，坦诚待人，真诚写作，不同流派不同风格的诗人团结起来，共同营造中原诗歌森林。"

马新朝的诗，不但有黄钟大吕般的《幻河》，代表了民族精神、民族气质、民族魂魄，还有很多短诗，诠释了他个人对生活、对生命的感悟，十分精彩，达到了很高的艺术成就。他出色的文学成就让人钦佩，他谦和、厚道、纯朴、豁达的为人处世之风让人敬重！

马新朝对民族、对人民充满热爱，是一位具有历史使命感和责任感的杰出诗人，为中国当代文学写下了壮丽的篇章，做出了突出的贡献。他的逝世是河南文学界的重大损失！马新朝同志虽然离我们远去，但他那些伟大的作品将和他崇高的声望一起，为后人敬仰！

马新朝同志永垂不朽！ [Z]

著名诗人马新朝纪念特辑

泄露天机的人

□ 何 弘

和马新朝共事多年，又是老乡。1953年农历十月二十四，他出生于唐河县马营村。村子就在涧河边上，过了河便是我的家乡新野。村里人赶集逛街、看病购物基本都是到新野这边，而且，新朝的夫人也是新野人，因此，我和新朝就更多了层关系。但是，这么多年来，我却从未专门给他写过一篇文章。多年前新朝曾让我给他写篇评论，我满口答应了，但因时时在应付催命般的文债，而新朝又不会多做催讨，文章就这么搁置下来，直到现在。没想到还这文债却是在新朝远行之后，想来就让人感慨唏嘘，隐隐心痛。

今年6月初的一天，我上班快到单位时，接到了新朝打来的电话。电话一通，就听新朝说："何弘，出大事了！"我心想当年新朝自己开车在高速上把车撞得几乎报废，也没说什么，他退休后除参加各种诗歌活动外就是热衷于书法，会有什么大事呢？新朝说自己得了胰腺癌。我怀疑，他说基本确诊。然后他又说办公室已经腾好，里面的一些旧书随便处理了就是，办公室就算正式交回了。我赶忙问了医院、病房号，到单位简单安排了工作，立即赶往医院。

在医院，新朝说，刚确诊时，心里接受不了，过了一天就想通了。新朝平时不吸烟不喝酒，没有不良嗜好，他说得这个病可能和家族遗传有关，这就是命。他说他是农村出来的孩子，该经历的经历了，该做的做了，该得到的得到了，多活十年少活十年，并没有太大的区别，所以他决定不做过多治疗，对症处理，减少痛苦就行。我和他说了原定的出集子的事，希望他身体条件允许时整理一下，然后我安排人来做。新朝当即同意了。但从医院出来时，新朝夫人说，他的病已经没法手术，肝和淋巴都有转移，只能对症做些处理，不让他太痛苦。后来，新朝在做了胆管支架介入手术后，还是简单进行了化疗。我后来去看他时，他说大夫说适度的化疗还是得做，肿瘤就像螃蟹一样，张牙舞爪，得用药控制一下。说这话的时候，新朝的旁边放着一本杜甫诗集，显然还在时时翻阅，这让我再次感受到了新朝面对生死的旷达。但病情的发展还是出乎意料地快。8月21号我和冯杰一起去看他，又一次做完胆管扩张手术后，新朝的情况并未有明显改善，黄疸严重，身体惊人地消瘦，医生已下了病危通知。我们进去时，正好赶上新朝清醒过来，他轻轻摆手让他妻子出去，拉住我的手只说了一句话："我很痛苦。"我无言以对，面对新朝的痛苦，我无力为他减轻哪怕一点点，有一种沉重的无力感。后来，在病房门口，新朝夫人对我说，新朝快不行了，他多次和她说起，何弘是个厚道人，想为他做些事，但出集子、开研讨会，都没什么意义了，就不做了。我听后心里感到深深的不安，有很多事，我们完全可以更早地做完、做好，却偏偏要等到时间无可挽回地失去，徒留下遗憾。第二天中午，我正在单位吃午饭，接到新朝夫人的电话，说新朝情况很危险。我听了赶紧和冯杰、萍子赶往医院。到了医院，新朝的呼吸已很困难。在新朝短暂清醒的时间里，和他做眼神的交流，感受着他承受的巨大痛苦却无能为力。后来，情况出人意料地稳定下来。9月3日黄昏时分，我还在文学院时，新朝夫人打来电话，说新朝走了，16点50分。

著名诗人马新朝纪念特辑

我立即打车赶过去,路上通过微信发布了消息,通知了文学院和他诗歌界的几位同事、朋友。在新朝家,我和新朝的亲属商量了他后事的安排,诗歌界的朋友也纷纷赶来帮忙操办。第二天,自发赶来吊唁和帮忙的诗友站满了院子,外地多位著名诗人也先后赶来,充分显示了新朝在诗歌界的影响力。

新朝有一位叫马体俊的远房大哥,是个老地主,曾做过民国政府武汉市的教育长,很有学问。新朝少年时,常去听他讲古文诗词,背了不少旧体诗词,这是他日后创作的启蒙。1970年11月新朝参军入伍,到一军二师服役,先是在开封,后来换防到浙江,期间开始创作,并提了干,做了宣传股长。1985年初,他退役到共青团河南省委《时代青年》杂志社工作,继续他的诗歌创作,也写写报告文学等。这期间,他随队采访了黄河漂流,从黄河源头一直走到入海口。这段经历对他影响巨大,让他写出了荣获第三届鲁迅文学奖的《幻河》,并成为其创作的重要转折点。2005年5月,他调到河南省文学院工作,先是做专业作家,后来又做副院长,成为我的搭档。

新朝原本就爱好书法,在接近退休时更是差不多到了痴迷的程度。原本文学院成立有河南省作家书画院,但多年来基本没什么活动,新朝兴致起来拉着冯杰要大干一番,并且给我安了个名誉院长的虚衔。这段时间的新朝,临池不断,从隶书、汉简一直写到甲骨,字很有些特点和气象,于是就和诗歌界的子川、张洪波共享了"南川北马关东张"的称号。

新朝从事诗歌创作多年,在全国大刊上基本都发表过作品。他后来也写一些应景的作品,但他多次和我谈到自己对诗歌的理解与坚守,明白应景之作不过出于权宜,他说他决不把这些作品收入集子。新朝出版的诗集有《幻河》、《爱河》、《青春印象》、《黄河抒情诗》、《乡村的一些形式》、《低处的光》、《花红触地》、《响器》等,还出版有报告文学集《人口黑市》、《闪亮的刀尖》、《河魂》,散文集《大地无语》等。《幻河》是让他获得巨大声誉的作品,它让流淌于大地上的母亲河成为中华民族的精神之河,既写实又精神高蹈,是对民族精神、气质、魂魄的诗性表达。他到文学院之后,创作了很多短诗,并结集为《花红触地》、《低处的光》等。这些诗作是新朝诗歌创作的新突破,他以更低的姿态,在具体的生活事件上,在细微的事物中,感悟生命与存在,让人对生命的真相有更深刻的把握。这些诗作体现了新朝对诗的根本理解:"诗歌是我生命的灯盏,我一边用它照看自己,照看这个苍茫的人世,一边用手罩着,以免被四周刮来的风吹灭。我相信词语后面所隐藏着的神秘的真相以及真理的美和拯救的力量。"新朝去世前几天,他的最后一本诗集《响器》出版。"死者只与响器说话",这是新朝《响器》中的诗句,似乎是谶语。在新朝的灵堂前,我坐在他平时常坐的沙发上,读他的诗集《响器》,读得毛骨悚然。他说他的诗是写给"你们这些活着的人"的,"我这没有灯火的残躯/将引领你们回家"。他写道:"我知道你们的前世和今生/你们所走过的脚印,都留在我的诗篇中/就是此刻,我突然升高,高出遍地灯火/高出你们生命中全部上升的血色素/我的形体里闪烁着人性之光。"新朝在这些诗篇中,通过常见的事物,写出了他对生命最深的理解。把诗写到这个份儿上,差不多是把生命最深的秘密揭穿了,也算是泄露了天机。古人常说:"天机不可泄露。"也许新朝是用诗的方式泄露了天机,上天惟恐他讲出更多的秘密,决定把他招到天上吧。

新朝说:"诗是带有体温的文字,1000年后它还有体温。"如今,新朝的身体已然成灰,没了温度。但他的体温留在他的诗里,多少年后读者仍然能从中感受到他的体温。[Z]

著名诗人马新朝纪念特辑

送新朝兄西归

□ 萍 子

1

你曾经那样光荣,那样骄傲
而今却如此黯然,如此无奈
你以自己的苦痛示现着无常的人生
你一直热爱着土地
歌颂它,回顾它,哭泣它
现在就要归于它吗
不,不是这样的
你是那样智慧勇猛
在最深的深渊里
选择了高峰
在最黑的黑暗中
选择了光明
"请一定要相信佛的救拔。"
你大声说:"我记住了,放心吧!"
你举手,合十,平静而坚定
我转身的时候
内心不再那么沉重——
我听到了世界上最好的回答
你失去了人生的欢宴,美景
也失去了衰老,死亡,病痛
是的,你失去了死亡
转眼间在一首首诗歌中
获得了鲜活的生命
不仅如此。我坚信
你已在西方最纯净的莲花中化生

2

你重新变得明净
像无云的晴空
此刻,你是最幸福的
你让所有人泪如泉涌
在这个世上
你没有留下什么遗憾
没有留下一句话

可你的诗句,正被千万人
反复引用,品味,传诵
你是多少人心中的痛

你缓缓下降
又冉冉上升
从此,再也看不见你熟悉的笑容
我和姐妹们把往生咒诵了七遍
我们站在你的耳边大声呼喊
阿弥陀佛!阿弥陀佛!阿弥陀佛
至诚的呼唤盖过了所有的哭声

3

又到了收获季节
大地开始送别
她精心养育的孩子

我在一片玉米地里
看见无数个你
半是枯黄,半是碧绿
曝晒于阳光下的金黄
浮现你的笑意

母亲最后一次
拥抱心爱的孩子
然后把手松开
你是真的要远行了
她垂下空荡荡的手臂

只有风还在寻觅
时光遗落的诗卷
月亮又凉又圆
又凉又圆
我终于未能忍住泪水

你是如何转身
只有月亮看见

著名诗人马新朝纪念特辑

值得我下跪的人
—— 悼马新朝

□ 田 禾

8月下旬，河南《大河》诗刊主编高旭旺来武汉参加"武汉诗歌节"和担任第八届闻一多诗歌奖评委，在聊天时我们谈到了马新朝，我问他最近还好吧？旭旺老哥很沉重地说："新朝最近身体很不好，得了胰腺癌，住在医院里三四个月了，可能快不行了。我来武汉之前去看过他，已经不省人事了，打着氧气，医生叫他家里准备后事。"我一听如晴天霹雳，简直不敢相信自己的耳朵。我说这怎么可能，我们去年下半年见面时他还好好的。旭旺老哥说："这是真的，他如果没病，我这样说不是诅咒他么？"我一时懵了，听他这么讲，我又不得不相信。我说："这大半年我们音信全无，他病了这么久，我也不知道，老哥你怎么不告诉我一声呢？"他说："不是我不愿告诉你，是马新朝不让我们河南的诗人告诉任何人，他不想让全国各地的朋友们为他担心。"我说过两天诗歌节就结束了，到时我想去郑州看望新朝。旭旺老哥说："我觉得你不必去了，去也没有用，你去不就是想会会他，与他说说话吗，他现在不能说话了，去也没有用。我过两天就回去了，一回去就去看他，只要他能醒过来，我就打电话让你过去。"我点点头，旭旺老哥接着说："这也只是安慰的话，我们都希望他能醒过来，但从他目前的情况看，醒来的可能性几乎没有了。"老哥这样说让我心里更难受，我的眼泪刷刷地往下掉。

我与新朝虽然是好朋友，好兄弟，但平时很少联系。我这人有个不好的习惯，平时没有事不喜欢到处联系，主要是因为朋友们工作太忙，还要写作，不想随便打扰朋友，最多是在过节时发一条祝福短信以示问候，有时是朋友给我发短信，我回复一条，对任何人我都是这样。今年端午节，我给新朝发了一条短信，他没有回，在很多年来，这是他第一次没有给我回短信。当时我感觉有点奇怪，但我又想，是不是他出国考察去了，手机没有开国际漫游，或者太忙了，或者忘了，或者短信太多，回没回也记不得了，这任何一种理由都是正常的，所以我也没有去多想，更不可能从他得病住院的方向去想。这怪我平时办事粗心、马虎，没有打电话向朋友们打听一下，连最后一面也没见到，以致留下终身遗憾。

旭旺老哥回到郑州不几天，9月3日下午大概在六点多钟，他打来了电话，那天我回老家大冶参加我读初中时的语文老师王英法老师的葬礼，回武汉还不到半个小时。我一接到电话，虽然是想得到新朝的好消息，但还是有一种不祥的预感，接电话果然是：新朝走了！因为大家都有心理准备，所以我就再没说什么了，只是问了一句："什么时候举行遗体告别仪式？"旭旺老哥说："我正走在去新朝家的路上，我过去也就是与大家商量举行遗体告别仪式的时间，确定了我就告诉你。"

这是我人生中特别难过的一天，我想到一个一个的老师、朋友，都这样走了，刚送走一个，接着又走了一个，而且他们都没有到真正终老的年龄，我的语文老师只活了65岁，小儿子还没成家，没有过过一天清闲日子，苦了一辈子，就患直肠癌去世了。我的好朋友马新

著名诗人马新朝纪念特辑

朝才63岁，而且是在写作势头正旺盛的时候，却患胰腺癌走了，真是天妒英才。想到人生苦短，想到生命如此脆弱，如此短暂，不能不让我痛彻心扉，肝肠寸断。

大约在晚上9点半左右，旭旺老哥打电话告诉我："马新朝遗体告别仪式定于9月5日上午9时在郑州殡仪馆举行。"我喉咙几乎哽咽了，说："老哥你辛苦了，到时我一定来为新朝兄送最后一程。"说完就把手机压了。

这样的事，如果随便邀别人同往有点不太好，所以我没有给其他人打电话。因为马新朝获得过《中国诗歌》举办的第四届闻一多诗歌奖，与《中国诗歌》有深厚感情，而且与主编阎志、常务副主编谢克强关系甚密，新朝的情况他们以前也听说了，我知道阎总太忙，他在武汉的时间很少，就没有给他打电话。于是我给谢克强老师打了一个电话，我说马新朝走了，你一定知道了，他回答：我知道了。我说："我决定去郑州送新朝，你去不去？"他说："我们编辑部已经发唁电了，那我们就一起去吧，新朝是个好诗人，也是我们大家的好朋友，应该去送送他。"谢老师的话说得让我挺感动的，我想马新朝的在天之灵一定会很欣慰。

我们坐高铁在4日下午4点半到达郑州，刚在宾馆住下，旭旺老哥就赶来了，他告诉我们，商震、霍俊明、荣荣、子川随后就到，中国诗歌学会会长黄怒波晚上从北京开车到郑州。他问我们："马新朝的家里摆了灵位，他的家离宾馆很近，步行两三分钟就到了，你们想不想去他家祭奠一下？"我与谢老师商量，我俩一致认为，必须去，也顺便慰问一下他的家属。

我们步行大概500米，很快就到了。在马新朝居住的宿舍楼下面，有很多他的生前好友在那里裁纸写挽联，写花圈上的纸条，整理花圈，接待来人，忙前忙后。他们当中有很多也是我们的老朋友，好朋友，由高旭旺、孔祥敬、李霞、吴元成等几位河南的著名诗人陪同，我们上楼进了马新朝的家。

马新朝的灵位设在客厅，一进门，我在马新朝遗像前双膝"扑通"跪下，同去的河南诗人和新朝的妻子、儿子都拉着我，不让我下跪，他们说鞠个躬就是很大的礼节了。但我执意要跪，跪下作揖，磕了三个响头，说："新朝兄，我来晚了，你一路走好！"那时我已泣不成声。

马新朝是值得我下跪的人，他不但诗写得好，是一位极其优秀的诗人，写了许多脍炙人口的好诗，而且他人品特别好，为人低调、谦和、厚道，待人真诚，有求必应，讲义气，在诗坛有口皆碑。这样的人我应该向他下跪，我也愿意向他下跪，他值得我下跪。

我与新朝交往快十年了，有兄弟般的情谊。我第一次见到新朝，是在2008年初的一次诗歌活动中，那时我刚获第四届鲁迅文学奖不久，他见了我就和我握手祝贺，他说我很喜欢你的诗。那次在鲁迅故乡绍兴颁奖期间，我就听说新朝是这次鲁迅文学奖诗歌奖的初评委，又听说我初评得的是全票，不用说新朝投了我的支持票。我说，感谢你把神圣的一票投给了我。他说，当时我并不认识你，是真心喜欢你的诗。

后来我们常在全国的各种诗歌活动中见面，经常在一起喝茶、谈诗、聊天，见面越来越多，交往也越来越密切，感情越来越深，从此我们就成了无话不谈的好朋友、好兄弟。马新朝是河南省诗歌学会会长，为了河南诗歌更好地繁荣和发展，他尽心尽力，亲力亲为，为诗人们做了不少实事、好事。为了让河南诗人走出去，就应该与全国的诗人多接触，因此他经常邀请全国著名诗人到河南采风、交流，有几次他还邀请了我，每次我除了写了很多诗歌，

著名诗人马新朝纪念特辑

还认识了更多的河南诗人，有的现在也成了好朋友。

在我与马新朝的交往中，给我印象最深刻的一次是2013年8月，马新朝来武汉领取第四届闻一多诗歌奖，他的获奖作品是组诗《黄土高天》。《黄土高天》是马新朝的新作，如果说他获得第三届鲁迅文学奖的长诗《幻河》是诗坛的扛鼎力作，恢弘史诗，《黄土高天》则从细小的事物中重新发现了中原大地细微、宁静而穿透灵魂的生活细节和真实之境，表现了诗人应有的忧患意识与担当精神，厚重、厚实、沉稳、大气。马新朝的获奖当之无愧。

新朝领奖的第二天，我与娜夜开玩笑要他请客，新朝毫不吝啬，满口答应。说实在话，他们来武汉都是客人，我要新朝请客，也只是笑话，因为他们多年没来武汉，娜夜好像还是第一次来，我是想带他们在武汉好好转转。可谁知道天不作美，那天我们从盘龙城出发到武昌走了一个多小时。正在进武昌的长江二桥上，天空电闪雷鸣，雷声震天，瓢泼的暴雨很快淹没了道路，瞬间大桥上流水四溢。一过大桥，看到各家店铺门前已严重积水，那时，我即使把雨刮器打到最快，也很难看清前行的道路。娜夜比我们更害怕，她说下再大的雨还不怕，就是雷电太吓人了，找个地方避一避吧。当时我也吓坏了，万一出个什么闪失我真是罪该万死。我把车开到几家店铺和餐馆的门口，路面上流淌的水，最浅处的差不多也有半尺深，他俩说我们脱鞋下去，因为雨实在太大，我们根本下不了车。新朝说，那就往前开吧，听天由命，今天我们真正体验到什么叫生死相依，什么叫同生共死了。我将车又开了几分钟，终于找到一家宾馆停下来了，下车时娜夜浑身还在发抖，我与新朝满头是汗。我们在宾馆坐了半天还回不过神来，外面的雨还是那样大，一点没有减弱的意思。后听说那天的暴雨，很多农田被淹没了，发了山洪，有的地方造成山体滑坡，还死了人。我们真是有惊无险。几年之后我们再谈起这个难忘的经历时，大家都笑了，新朝说，我们的友谊从那以后更深了，我们应该感谢那场暴雨呀！

马新朝不光是一位杰出的诗人，还是中国诗人中少有的非常有造诣的书法家，河南诗人、评论家吴元成曾经这样评论马新朝的书法："马新朝的书法祛除技巧，包藏智慧，以我手写我心，以我心导书道，一画之笔锋常常表现起伏的异态，一点之毫端往往显现出顿挫的神理，品之神清气爽，养眼养心。"正是因为新朝的书法得到了书法界的肯定和好评，所以每次参加全国的诗歌活动，诗人们都纷纷请他挥毫，每次想让他写的人太多，我看他写得很累，只是站在旁边欣赏，没有索取要求。他有时再累也不忘写一幅送我，有时一写就是几个小时，手实在是累酸了，不能写了，回去也不忘写一幅寄给我。有一次，我的一位朋友很想得到他的书法作品，我给他发了一条短信，他很快写好特快寄来了，而且寄了两幅，说另一幅是送给我的。我说付钱，他坚决不要。他说，兄弟之间谈钱就见外了，这让我很是不好意思。

我与马新朝之间还有一个约定，我们俩几次谈到，找个春暖花开的日子，我们各自带着自己的家人，到我们各自的家乡去走走，去看看。我说先去我的家乡，我让他们全家品尝我们老家的苕粉肉、糊面、大冶红烧肉、四斗粮土鸡汤，到我们家乡的田野地头和山间小道走一走，呼吸一下我家乡的新鲜空气，在我老家好好玩几天。然后我率全家去他的家乡品尝风味小吃，感受他家乡的风土人情，住在他老家的房子里，谈诗歌，谈人生，叙友情。这些想起来是一件多么美好的事情，但这永远只是一种想法留在记忆中了，成为了我们之间永远的遗憾，一种美丽的遗憾。Z

著名诗人马新朝纪念特辑

送 行

□ 谢克强

　　一声声哀乐在悼念大厅里低回，使我的心情更悲痛了几分。
　　我和来自北京、南京、温州等地的诗人们站在前排，在哀乐声中向新朝的遗体三鞠躬后，缓缓向他走近。他静静地躺在玻璃棺里，鲜艳的镰刀斧头亲抚着他，使他显得格外安详。我怎么也没有想到，是在这样的场合见到他。就在今年三月，我们还一起和全国各地十几位诗人结伴去华北油田采风，一路谈笑风生，诗人们在工地合影时，他还特意和我站在一起。四月下旬，我应约去河南禹州参加中国诗歌万里行活动，他以主人的身份，不仅向我介绍禹州深厚的陶瓷文化，还不忘以河南诗歌学会会长的身份，向我介绍禹州的诗人们以及他们的创作状况。而就在这前几天，我收到中国诗歌学会寄来补选副会长的选票，他是候选人之一，我在填好选票后，即打电话给他表示祝贺，他笑着对我说：谢谢兄弟们的抬爱！从河南回来后，我读到他发表在《诗刊》2016年3月号上半月刊上的新作《响器》，就给他打电话，除了表示祝贺，还要他将这组诗的电子稿发给我，我想在我们《中国诗歌》里的"中国诗选"选一下。他听了嘿嘿一笑说，你总是那么关照我。我说，你的这组诗，算是你近年最好的一组诗，你不给我首发，那就只好选一下。不是我关照，是要谢谢你的支持！言来语去，还是像以往一样亲切。最后，他还特意要我多多保重身体。我还开玩笑说，你还年轻，要多多写诗，写好诗。可这才几个月呀，他竟躺在玻璃棺里。
　　就要作最后的告别，我停下脚步，默默地三鞠躬后，这才抬眼又朝他望去，不禁热泪潸然……

　　我和新朝第一次见面，是1997年4月。那年《诗刊》组织全国的十几位诗人到河南济源采风，我也在被邀请之列。到郑州的当晚，诗人王怀让就将河南的诗人介绍给采风团的诗人们认识。那晚人多，我只是和新朝握了握手，算是认识。真正熟悉起来是十年后的首届青海湖国际诗歌节上，一谈，才知我们俩的经历竟有不少相似之处，都当过兵，只不过我是老兵，他是新兵。他当兵时曾在《东海》杂志社帮助工作，我当兵时曾在《解放军文艺》帮助工作；转业后，他在一家青年杂志当编辑，我在一家文学杂志当小说编辑；但他比我幸运，当了专业作家。从青海回来后，我收到他寄来的他的抒情长

著名诗人马新朝纪念特辑

诗《幻河》。这部由中原农民出版社出版的诗集，印刷别致，就像一部精装的册页。当晚，我就认真读起这部长达一千八百多行的长诗。

说真话，像我这样以读诗为职业的编辑，能够吸引我的眼睛，并让我读下去的诗集并不多见。这部诗集应该说是近年来，特别是抒情长诗的一个重要的收获，它给当代抒情长诗写作所带来的启示意义也是丰富而深刻的。这部诗集之所以给我留下了深刻的印象，是因为马新朝在深入考察黄河的基础上的丰富的想象和对黄河深刻的认知，从而对中华民族苦难的历史进程进行了诗意的阐释，当然也使我更熟悉和了解马新朝。果然，这部《幻河》后来获鲁迅文学奖。《幻河》获奖后，就我的目力所及，应该说对这部长诗的关注不够，似乎也研究不够，我将我的这个看法与诗歌批评家邹建军交流了一下，他也有同感。这样一来，我就想在《中国诗歌》上开辟一个"文本研究"，集中对《幻河》研究一下，后来这组文章发在《中国诗歌》2014年第四卷上。自然这是后话。

2011年5月，河南省文物局邀请全国各地的诗人参观河南的文物遗址，雷抒雁、韩作荣，还有雷平阳等都在邀请之列。借这个机会，我又见到了新朝，一见面我就说我们每期都给你寄《中国诗歌》，你看了有什么感觉，应该有点表示吧！

他笑着说：办得大气，也有生机生气，并答应给我一组诗。我也半开玩笑说，你别糊弄我呵，我可是金睛火眼呵！他笑了笑说，那当然。不久，他寄来他的新作《黄土高天》，约有二十多首，我看了打电话给他说，还不够，不仅数量不够，质量也不够。我挑了十几首，并对他说，少一点展示，多一点审视。两个多月后，他又寄来二十多首诗，我又挑了十几首，又对他说，再潜心写几首，这是我们的"头条诗人"呵，也是闻一多诗歌奖的候选人。他听我这么一说，嘿嘿一笑，说我写诗这么多年，还没有看见哪位编辑这么认真的，既然你认真，那我也要认真。就这么一来二去，反复来回了三趟，几个月，才算最后敲定。后来这组诗发表在《中国诗歌》2012年第一卷上。同年，经过激烈的竞争，这组诗最后获第四届闻一多诗歌奖。评委会给他的授奖词是："马新朝的组诗《黄土高天》不仅凸现了一个诗人历久弥坚的诗歌气象，而且这组诗在'乡土化'的同类题材中具有精神启示录般的意义。这些诗歌不仅去除了浮泛的伦理化倾向，而且更重要的在于能够从细小的事物出发重新发现了'中国乡土'这一场域的缝隙与隐秘地带。诗人沉稳、幽深、悲悯的情怀闪现出知识分子应有的忧患意识与担当精神，同时也完成了对思想与修辞的照亮。"这是诗评家们的评语。这一年，山西诗人梁志宏主持并组织首届上官军乐诗歌奖，邀请我做初评委，我向评委会推荐了马新朝的组诗《黄土高天》。我推荐的理由是这组诗就我的目力所及，应该是今年质量比较高的一组诗，我推荐核心语是"这组诗展示和揭示了根的哲学"，并撰写了推荐语。没想到我的这个推荐语后来竟成了颁奖词。后经终评委评定，马新朝以《黄土高天》获得杰出诗人奖称号，为以"彰显当代中国诗歌精神与走向"为主旨的上官军乐诗歌奖增添了浓重的光彩。后来我去参加颁奖活动，韩作荣见到我说：马新朝在获得鲁迅文学奖之后仍然孜孜探索，诗歌作品保持着上升势头并有新的突破，这种现象在获奖诗人中是不多见的，难能可贵。

著名诗人马新朝纪念特辑

马新朝之所以在获得鲁迅文学奖之后仍然孜孜探索，诗歌作品保持着上升势头并有新的突破，诚如他在获得闻一多诗歌奖的获奖感言中所说："我相信词语后面所隐藏的神秘的真相以及真理的美和拯救的力量。诗歌常常暗暗地把我从混沌的人群中打捞出来，放在光线下，使我能够看清楚自己，能够看清自己所站立的地方。因此，诗歌是我生命的灯盏，我一边用它照看自己，一边用它照看这个苍茫的人世"。而马新朝的乡土诗也都是写他的故乡马营村，他曾经这样说道："我之所以写了一些乡土诗，是因为我有感触。我出生在乡村，至今那里还有我的亲人，我写他们是直接的、具体的，他们的伤疼也就是我自己内心的疤痕。因此我的语言也就是他们的声音，我的节奏也是那片土地的呼吸。我的诗不只是表现了对那片土地的悲悯，也表现了对自己对普遍的人的命运的思考。"马营村是他的出生地，也是他半是真实半是虚幻的文学祖国。

我们《中国诗歌》还为诗人们做了一件事，就是创办了一本《诗书画》，每期夹在《中国诗歌》里赠送给读者，也算是给诗人们做了另外一张名片。因为我们发现不少诗人的书法和美术作品不亚于他们的诗歌成就，马新朝即是如此。

起初，我没见过马新朝的字，他也不曾向我说起他的字。诗人里的书法家，大名鼎鼎当然是旭宇先生，我也看过子川的书法，张洪波逢年过节都会给我发一张他的书法照片，这样我自然向他们几位约过稿。有一次采风活动中，我看见马新朝书写的隶书，一看还真是那么回事，脱俗率真，随意写来，疾风快马，无拘无束。新朝这才给我说起他和子川、洪波一起拜访诗人旭宇的事，并洋洋得意地说旭宇称赞他的隶书。于是他们三人便在河北文学馆搞了一次展览，这样便有了"南川北马关东张"之称了。于是，2013年第一卷、第四卷、第十卷《中国诗歌》分别为子川、洪波、新朝各出了一册《诗书画》。这一下新朝来了情绪，据说还担任河南作家书画院执行院长，他似乎也特别看重这一头衔，临池不辍，渐入佳境。今年四月在河南禹州，我又看见他写字，大凡向他索字的人他都有求必应。他曾送过我一幅字，见我在看他写字，他又要给我写一幅。他对我说他的书法都是"醉意的书法"。我便对他说，物以稀为贵，你也见过，有的人就写那么一两幅，再怎么求索也不写。他说，人家看得起咱，咱也不能拂人家的好意。新朝就是这么厚道。

走出殡仪馆，我欲与商震握手告别，只见他蹲在路边，两眼通红，泪水还挂在脸上，还沉浸在痛失友人的痛苦中。他朝我摆了摆手，算是告别。我理解他此时的心情，没去打扰他。

在回武汉的火车上，我和诗人田禾默默无语，我们能说什么呢？这几年，我们《中国诗歌》先后送走了编委雷抒雁、韩作荣、张同吾，现在又送走了闻一多诗歌奖获得者马新朝，真是天嫉诗人啊！ Z

头条诗人
HEADLINES POET

RONG RONG 荣荣

本名褚佩荣，1964年生于宁波。做过教师、公务员，现为《文学港》杂志主编，宁波市作协主席，浙江省作协副主席。出版多部诗集及散文随笔集。获第四届鲁迅文学奖等多种诗歌奖项。

水 袖

•组诗•

□ 荣 荣

代拟诗信

阿某：没有你的日子时光常常断流
我一次次起身　看到夜晚这只太老的猫
蹲在浓黑里　我害怕与它对峙
如同你那年的逃离
有些事我不想继续了　它们不再是必须的
比如维持好名声或好身体
它们曾是攀附你的闪电　而爱情雷声在外
比如与你重逢　幕布再次掀开
看芥蒂和伤害的暗器又一次摸向胸口

阿某：其实托人写信是多余的
你疏离已久　地址不详
像好消息走失于人群
我费劲地描画你几近消蚀的脸庞
半夜醒来　疑惑是停不下的钟摆
这世间是否真有过一个你？
但你决绝的话语炸裂每一处静谧
最后那次相见也历历在目
一个章回小说里的情节：
一个不正经的帝王与失宠的侍女
你过大的雄心　我过度的卑微
时间的剑刃带着尖锐的呼啸

阿某：我知道我早被彻底丢弃
我知道我也该丢弃你
所有有关你的回忆全是致幻物

你给过的烂漫和明亮也只是
向命运高利借贷的油彩　由我独自偿还
一块板结的泥土起身行走
是为了赶一场透雨
而我仍停留在你预设的路线上
眼下的你　多么适合抱怨
但你生来并非为我
你深入我的身体里　也只是一把意外的刀子
现在　我疯狂地安静着　仿佛垂死之物
仿佛命运眼皮底下　一件被退回的廉价赠品

站在一片沃土上想起的几组词

丰美和柔软是一组词
这是它惬意生活的感性部分

宽阔和强大是一组词
这是它内在的意志被隆重说出

科技与艺术是一组词
这是阳光和雨露　它的名词和动词

雄心勃勃　血气方刚也是一组词
直接接驳风生水起　日新月异这一组

还有潮流与激情　智慧和创新
它们都带着鲜活的让这片沃土沸腾的巨能

而心灵与家园是一组更深邃的词

它们是这片沃土的底蕴　温暖和芬芳
是这片沃土最寻常的爱的表情

幸　运

闲下来突然惦记你。
真是幸运啊，你说你活着。
这是你惯常的语气：
"真是幸运啊！
名利是夜街上追逐的猫狗。
我有真正的健康，童心和安宁。"
我想象你穿着阔大的衣服，
在菜场里恣意晃荡，也学你造句：
真是幸运啊，生活可以如此宽松。
比起更艰难的旅人，我可以停顿。
比起更黑暗的行走，我可以等候。
真是幸运啊，这些年锁孔没有锈蚀，
门前地毯下总能摸到家的钥匙。
真是幸运啊，我还能去看你。
听细小的火花在我俩掌间毕毕剥剥跳动。

陈腐的爱情故事

他们只是牵挂着　越说越近
某一天才发觉已难分彼此

像两只小心接近水源的羚羊
猜度和想象几次将饥渴之心逼到绝境

也只相信眼泪渲染的爱情
众里寻她千百度　她的悲伤闪闪发亮

也只是天各一方的辗转反侧
他短缺的梦里　尽显她的星月乱象

时光窝在眉眼里
近些再挨近些　留一张剪不开的合影

相见已恨须发白
他眼观镰刀铁锤　她身怀六甲刀剑

但一次次分手　她十步一回头

他在那里　仍在那里　还在那里

和一个懒人隔空对火

仅仅出于想象　相隔一千公里
他摸出烟　她举起火机

夜晚同样空旷　她这边海风正疾
像是没能憋住　一朵火蹿出来
一朵一心想要献身的火

那支烟要内敛些
并不急于将烟雾与灰烬分开
那支烟耐心地与懒人同持一个仰姿

看上去是一朵火在找一缕烟
看上去是一朵火在冒险夜奔
它就要挣脱一双手的遮挡

海风正疾　一朵孤单的火危在旦夕
小心！她赶紧敛神屏息
一朵火重回火机　他也消遁无形

我喜欢看你入睡

我喜欢看你入睡　看你一点一点远离
你的柔情在嗓子里卡着蜜意又有什么关系
你进入的时空不再有我又有什么关系

像一艘船浅浅地靠往亲爱的水边
我是沉浸的月色　我是凌晨一点
我就在你身边　这真的很美
你不再关心我的存在又有什么关系
那一会儿　你需要入睡你不需要我
又有什么关系

缺少睡眠的孩子　找到久违的家
我愿意看着你　躲开忽远忽近的嘈杂
穿过睡眠的门廊　客厅　进入卧房
我愿意你安静下来
那一会儿我是多余的又有什么关系

又有什么关系　　等你醒来
等你一点一点回转　　我们又重逢了
瞧　　良辰与美景就在一步开外
走心走肺的情意会多么坦荡

醉的时候他们才是相爱的

醉的时候他们才是相爱的
酒到七分　　他牵着她手当众盟誓
酒到八分　　他跳上台为她且歌且舞
"酒真是好东西。"朋友们起哄：
"亲一个。亲一个。"
第二天他不再记得　　也没人提起
也只有在酒醉时　　他心里的老虎才放归山林
单独遇见　　他却总是垂头擦汗眼睛转向别处
他几次提起初见场景　　她不记得
却不忘第一次同醉　　那时她正遭逢击打
心有万古愁　　求一时忘却
服务生一次次送酒送到手软
红的白的啤的堆高暧昧的酒沫
一帮人疯闹到非男非女屋顶微掀天色渐明
这个不自信的女子真的感动
她说　　酒醉时分与她夫妻相称的男子
相见时总给她一份敬重
送行时又抢先提上她的行李走在众人前头
他自然流露的好　　那么天经地义
拥别时　　她的身子想柔软些却总显僵硬
她说　　那时候她只想流泪
"真好啊。想起他我就是快乐的。"
他的情谊是她罕有的珍宝
这不是爱　　但比爱或被爱更好

水　袖

那年小红越过矮墙
她的水袖挂破在刺槐树下

那年梅娘嚼着槟榔　　她的水袖
被扯得山高水长　　然后断了

现在是她们　　集体亮出的水袖
仿佛要先她们一步找到极乐之地

我如此清白又坎坷的情路啊
至今我的水袖仍深藏在肌肤里
仍没撞到那一片
容我试探深浅的月光

背　离

1

她的锁心里没有真爱的牙齿
但她仍是美妙的
他说：我只想做点我喜欢的
比如老年的迷醉和沉沦

春天继续丰饶　　怀想之痛也在
他的一意孤行　　磨损多少耐心
"你开心就好！"空城里危机四伏
你反复出走　　他永不归来

2

还是说背离　　作为情感的判断词
似乎它才是可信任的
就像真实的苦难让幸福虚弱
就像相爱一再流于形式
当众多的美只是附庸了春天
繁花落尽露出背离的骨头
当肉体的亲近也变得盲目
"也许。一切很快。"她说：
"我不阻止旁人，但可以叫停自己。"

突然被一句诗噎着了

那个年轻人将一句话藏在一首诗里
为了不被识破　　他开始东拐西绕

东风破了西风续上
长城一角挂着晓风残月
来些物理结构化学组合
再加一两个虚拟的天体

一首多少有些被轻视的诗
眼下　谁相信还有不朽的篇章？

像习惯于门前小径的漫步
你仍在阅读　却内心无聊眼神散乱
零星的花朵　略过不提

如同许多人　你早已丢下揪心的事物
也失落了较真的耐心
纵使满腹锦绣终究归于草莽

但那句话就藏在一首诗里
你突然被它噎着了
风里一缕细致的花香
又惊跳起来　像躲避踩着一朵鲜花

并且听到细碎的骨骼碎裂声
你停下来　茫然四顾
晚凉的风在草丛中的形状

莫　名

原谅我的迟钝吧　我要慢慢确定一个事实
我肯定看到了一把刀　或者是剑
还有寒光　像晨曦划开梦的口子
然后是血　但疼在哪里

原谅我的迟钝吧　待我慢慢寻找疼的位置
它在心的正中　偏左或偏右
抑或在稍远的地方
抑或只是新鲜的血在疼

我退在角落里　从头搜寻这个事端
原谅我的迟钝吧　没有制造事端的人
没有刀剑　也没有真实的伤口
我的体内却站着一个满脸委屈的人
他的竭力否认　是否也是一种澄清

杜丽娘

她退回到那个梦里　抱住一对翅膀里的两份轻盈
她退回到死亡里　等待一个人

在镜月里捧起碎了一地的影子

仅仅相隔了四百年　前朝的生死已难以辨认
只有她　仍被分散在一出出戏里
昆腔绵柔而真爱铿锵
她婉转的袍袖里空余多少顾盼

"不到园里，怎知春色如许。"
这个善情者　一味恣意着
人生很长　她只要一个春梦
死又何惧　她还能为一个人复生

当更多的后来者止于回避　不信任甚至厌倦
这个善情者　仍一次次出场并再三告白
她并非死于情灭　只是死于渴望
灵魂之爱永生于等待之中

文字的杯盘狼藉

她暮年的文字里有妒妇　怨女及抗暴者
也有复仇狂　焦躁病人和通灵者

这些寄生体
它们的活力来源于她内心的
累赘　毒瘤　浓烈的阴影

为什么不再有早先的洁净和小腰
为什么不是和风细雨
掌灯夜读　向旧事物里寻宽宥之心

为什么慢慢地跑偏了
慢慢地跟着她的人生走上歧路
眼下　她呜咽的文字满目苍凉

双　刃

促膝不谈心　只谈眼前的风景
风景是新的　他的眼神也新

新单词的新　新事物的新
只是他一起身
身边的风景也旧下来了

是寒意丛生的旧　是薄薄的刀片
插入半明半昧寒意里的旧

而他近处的坦荡和朝气
与她远离他的落寞
是它的双刃

九回肠

这是否是不被原谅的？
当他用手揽住她　她更往他的身上靠了靠

是否同样不被原谅：她竟喜欢他微微的碰触
有一会儿　还以为她暗自发热的左腿
能与他瘦长的右腿有一段亲爱之旅

车窗外　山楂树果仍是青的
满山的绿藏起了满坡的石头

被一杯酒打开的身体

被一杯酒打开的身体
里面有一只空置的酒杯

你看见的是一个新鲜撕裂的伤口
你看见的是一只蜷缩之鸟的战栗

被一杯酒打开的身体
也许会毁于再一次的打开

现在　她露出空置的酒杯
里面有她自酿的酒水残留

像被狂风猛然撬开的窗户
太长的时间里她有太多必须消化的风雨

四眼井

四十岁前纯洁身体　五十岁后纯洁灵魂
但随意的清洗仍是冒险的

清澈甘美的泉水更适合忏悔

瞧　这个负罪之人在自怨自艾
她在四眼井里看到四种过错四样轻蔑
还有四个反纯洁之词
她也无法从怀里掏出月亮星星
车船兼程　什么时候它们不再如影随形？

她只是路过　又一次路过
此刻　她的愧疚之影不被宽恕
未清除的戾气　激怒了水中雄狮
此刻　她像一杯薄情之酒停于宽阔之源
找不到一种可以倾倒的理由

抱怨之诗

一个女人毫无预兆的愤怒嘴脸
转向你　她言语里的电闪雷鸣夹杂着
风雨的腿脚　那个男人也是

很快　他们结成一个阵营
很快　身体里的一队人马也呼啸而去
那张脸一改往日的柔情蜜意

多少年了　你总是侧身行走
绕过是非小径　仇恨大道
良善之人　还是步入了严酷时辰

像是酿坏的又一坛米酒
像安静的伤口剥落了膏药
像尘土四起　狼烟滚滚

你无法抹平内心的皱褶
纵千般委屈能与万人说也一说就错
只写下几句抱怨之诗看着天黑

昨夜突然失火的教堂

一座教堂的失火是上帝允诺的
或许是它尖顶的指向需要重新调校

这座失火的教堂他俩曾一同眺望

它一直突悬在一个街区的灰暗之上

景观灯下教堂之美和尖顶之上的那片虚空
恍如天外之物　恍如不被信任的明天

他指尖的火焰来自他们失火的灵魂
他的指点里有一弯虚幻的月亮

而这之前她与他共有一个心脏
总以为一分开谁就会死

那天是哪天？现在是这场火与那场火
燃烧之物　都那么壮怀激烈

至今他俩仍失陷于空茫之境
内心的荒草掩埋了早年并不真切的脸

我是谁

我赞美过你的羽毛　服饰　声音
有时候我忽视你过于浑圆或瘦削的身子
只赞美你笨拙的手指
它在指点："茫然是一种更终极的前程。"
我也曾匍匐于地　为了不安的现实里
让你多一块立命之所
但我始终知道你是什么——
多么令人恐慌
当我走近　我以为你会认出我
像你的小短腿认出我的步子
你的小颜面认出我的泪水

好大风

好大风　它咆哮着
发动起亿万匹马力的推土机
大地似乎也在为它挪移

好大风　它揭起了那么多疮疤
让黏在地面的厌弃物
有了逃跑的腿脚

好大风　它挨个儿敲打着窗户

它要去熄灭
躲闪的眼睛里那些黯淡的火

甚至敲落了那颗来不及藏匿的星星
将许多落单的人
吹成愤世嫉俗者

但不用慌乱　正是大风时节
灯影乱舞　我一个人的想
像一张薄纸挣扎在半空

朵上茶吧

一提年代久远　她就暗自摸一摸身体里
藏掖已久的这个词

一提年代久远　枫杨树悬铃木不动声色
巷子的浓荫却晃了一晃

跟着晃荡的还有朵上茶吧里暗藏的
一些身影　那么的仿佛曾经依稀
那么的惺惺相惜　情愫低回

亲爱的地方亲爱的幽暗气息
亲爱的年代久远的记忆

但为何她还在怅然四顾
还假装成千疮百孔的失怙之人
外露的忧伤涂一层合法的迷彩

像　是

像是有个男人正在来路上
她的轻举妄动需一捺再捺

他只想与她谈谈禁忌
或单纯日常里的种种调剂？

还是为了这场擦肩戏里的
两颗真实之泪？

从大老远跑来　他就要到了

像是邻桌上那道跑味的荤菜

北方白桦林上的苍茫

北方平原上大片的白桦林
在道路的两边尽情铺排开去
遮天蔽日的苍茫
也从这些阔大的林中升起

我喜欢这样的苍茫
它们一定安抚了我的内心悲怆
我也喜欢看那些长尾鹊
在这样的苍茫里悠然地来回
将窝筑在或高或低的枝杈上

仿佛白桦林给了它们更开阔的选择
它们可以是苍茫的主人
也可以是苍茫的仲裁者或代言人

在沂蒙　一位水瓶座的女子只有泪水

一位水瓶座的女子动辄流泪
欢喜流泪　落寞流泪
她多么任性　远山远水想个人
见或不见　直泪一道横泪一道
半夜梦回泪两行
高兴一行　失意一行

在沂蒙　这位水瓶座女子也只有泪水
是感动之泪　感激之泪
多畅快的热泪啊　只是她不再掩饰
只想让泪水奔腾着　跟着英雄的热血
在这片土地上恣意地流淌一遍

在沂蒙　这位水瓶座女子
头一回觉得自己的泪水是真实的
与这里的山川河流同质
头一回觉得泪水可以那么滚烫
那是贴着英雄的热血而流

在沂蒙　她流着泪走过一个个山头
忍不住将亲爱的祖国又狠狠地爱了一层楼
忍不住将眼下的日子又狠狠地爱了一层楼
忍不住将深爱的人儿又狠狠地爱了一层楼

沂蒙红嫂

如果可以　我也要进入这个群体
用初识的自由　民主　富饶这几个字眼
憧憬共和国的蓝天
我也会像她们一样　春种秋收　纺纱织布
最后一口粮食　留给战士
最后一丝布　纳成军鞋
最后一个孩子　送上战场
最后一滴乳汁　喂养革命
我也要成为这方土地洒不尽热血的一个源头

朴素的情感　从心底里搬出来
便是人性浩大的盛宴

虚　化

那么多人！每一个都闪着
自以为耀眼的光芒

每一个都有许多方向
每一个身后都跟着许多条大道

还有更多的争吵和结论
声音像是潭底一次次搅起的泥沙

他们更诧异于我这卑微之人的孑然独行
带着如此微弱的声音和光亮

诧异于泪水铺就的小路
竟是我从心所欲的那一条

潘天寿

我的叙述　始于名叫冠庄的村庄
它有质朴的心　淳厚的肺　坚硬的骨骼
它有绕树三匝的刚山柔水
一个慷慨的长者　从它的肺腑里掏出全部颜色
铺就他血液和肌肉里原始的底色

我的叙述　始于那座雷婆头峰
始于它的突兀嶙峋　聪颖灵秀
始于它的疏枝密影　碧波千仞
在那里　他第一次望见了未来之路
从此高山流水　家乡千里

我的叙述　始于一个渐行渐远的身影
这个终生的跋涉者
背囊里装着山水绝句　性情文章
一双脚用来丈量群峰
走得如此之快
像要赶着节气开满树的花结满树的果
将俗世远远甩在后面
走着走着路就深了天就宽了
走着走着他就走到了云端
尘埃向下落定　众人仰头看他
看他张扬狂放中的清丽　率真
看得十分骨气十分才学
看一幅天地立轴　鬼斧神工

然后　我要提到那些石头
看得见的坚硬　看不见的陡峭
一块　又一块
他几乎掏出了伟岸肉身里的全部钙质
霜花一两朵　寒鸟三四只
瘦诗七八行　说着深浅
说着天地间的孤悬或隐喻
这些石头横空出世　让酣畅之美无处逃逸
这些石头搁在心里　他便有了扛鼎之力
便一味霸悍　勇于不敢之敢
这是艺术的骨头　美的脊梁

他喜欢与石头说话　这一说就是一生
他说了很多　有些我们听懂了

那些方的更方的　锐利的更锐利的
一个惜言如金的人　在石头上露出他的阳刚
他喜欢与石头说话　这一说就说出了不朽
他说了很多　有些我们一时听不懂
听不懂还是想听　趴在石头上听
隆隆声由远及近　天上人间听得分外肃穆

然后　我要说到一只灵鹫
雄踞于方岩之上
或踱步　左一爪孤傲右一爪孤傲
天空藏不住无边的蔚蓝和辽阔
一飞冲天的翅膀藏不住渴望
一只灵鹫　就要抓起一块生根的磐石
直上云霄　眼下它仍在等待
仍在蓄积更大的力量
那一刻　群山寂默
他让一只巨鸟的筋骨在渴望中疼痛
这只灵鹫　同样也说出了他内心的敬畏
内敛的豪情和凌云壮志

也许　我还要从一朵花说到另一朵花
从山花烂漫　清荷新放　菊气熏风
说到一枝寂寞的劲梅　独傲霜雪
这些高洁的花朵说出他的高洁
这些干净的花朵　疏影浮动
将污泥和浊水逼开三丈
一只鸟在盘旋雀跃　许多鸟在盘旋雀跃
溅起惊讶的春光　一片两片
这也是他的心花　他捧出来
细致地移栽在纸墨上
为我们说出隔世的孤独和芬芳

现在　我要说到他的手指了
不指点江山　江山千里万里的锦绣
他用指力搬来一角
只一角　就气象万千
都说他的手指比别人灵巧
这说法总显轻浅　抹煞了多少
长夜苦熬　百锤千炼
都说指墨画大师　缘于他小时候
被收缴了画笔　美景空对
画事总被误为"君子不齿之事"
他满腹荆棘　但不辩白
深入骨髓的　是热爱至死的疾病

我更愿相信　他以指代笔
只因笔之柔软无法绷直他的灵魂
磨秃了千支万支
最终　他拿自己的骨头作笔

现在　我的叙述里还要提到一场战争
一面破碎的镜子　照着走散的笑脸
同胞在水深火热　艺术在流离失所
多少新愁与旧伤　握不住一支离乱之笔
没有所谓的后方
他如何扶正歪斜的画案
如何画出愿望里的晴空和蓝天
整整八年　悲愤是一块卡住喉咙的坚冰
迁徙途中　学生在课堂上围着要他画山水
他举起笔　叹口气又放下了
"半壁江山都沦陷了，等抗战胜利了再画吧。"
一滴滚烫的泪来自心底的乌云
一滴泪的热度来自于信念
——腥风血雨总会过去
祖国一定会重开艺术的笑靥

现在　我的叙述里还要提到他命里的三个女人
自由地爱　自由地结合和分离
是长在他生命之树上的三颗果子
是他一生的甜　一生的不安和愧疚
三条河流　流出他生命里的华章
三场戏　多少悲情多少精彩
他用一生的真诚出场
她们用全部的生命演绎
一个在家乡望断秋水
一个为爱终身凄苦
一个是几十年同甘共苦的患难妻子
时间翻过去流水的册页
翻过他的青葱　他的老年
翻过高大的身躯为柔弱的肩膀挡风遮雨的他
翻过他一世的坚守　暗中的无奈和唏嘘

就像他较真了一辈子的国画艺术
他天分独厚　英年得志
"行不由径！"　多少类似的诘问
不改他执着于艺术之真　执着于永恒之道
——"天惊地怪见落笔"
他大笔淋漓　别开生面
"画当出己意"　他谨记着

又不断地为自己设置雷霆
一个自我博弈之人　在渴求完胜
画不惊人死不休　每一张都必须是精品
便画了撕撕了画
有时撕得多了撕得重了
落在纸上的花鸟虫草
隐隐传出肝脏和骨架细细的碎裂声
心血红黄黑白地洇湿了指尖
他每天都要画完一刀纸
这些纸　只用来承载和渲染他的不羁
——"师其意不师其迹"
传统和外来文化
像两只慧眼左右盯视他
他独立其中　为自己辟开一条大师之路

多少声誉　也视作身前身后土
多少年的践行践言
他著书立说　桃李天下
却始终放低自己　只愿是一个平凡的画者
——"做人要如履薄冰。"
一个敦厚的师长
一个朴实讷言的人
众人眼里一座巍峨的高峰
却常三思己过　心怀愧意：
"对国家、父母、兄弟是嫌不够所想，
于心殊感不安。"
他甚至认为自己：
"因为欢喜弄弄国画，
知其一不知其二，知其表不知其里。"

木秀于林　风必摧之
不愿变通的铁　宁折不弯的钢
如何能躲在画里　撑住清白的颜色
人情世故的薄冰　他可以从容勘破
颠倒的天地　莫须有的罪名
却让坦荡之心找不到躲藏的缝隙
"莫嫌笼絷浅，心如天地宽。
是非在罗织，自古有沉冤。"
雷婆头峰从不弯腰
倔强的石头不说软话
我依稀看到　故乡的清晨里

一个羸弱的老人跪在风雪之中
天空低垂　仿佛在安抚一对折伤的翅膀
我依稀看到　斯文扫地的日子
他用倔强　和被摧残的身心
画着世间最寒冷的一幅图画

那些日子没有太阳
他就是太阳　被无知和野蛮之箭射落
那个夜晚没有月亮
他就是月亮　他落形的身体
再也扛不住内心的光辉　他在陨落
巨大的陨落声　很少有人听见
一个世界在装聋作哑
一块大色掉了　天光陡暗
苦难在辗转反侧　伤痛在辗转反侧

他只想静下来
静　或者长久地睡去
他抱怨一时还静不下来的身体
他的双脚不停地抽搐着
它们走得够远的了
它们是否还想走得更远
它们已不听使唤了
这心外之体啊——
"我想叫它不要动，不成功……"
"我想叫它不要抖，不成功……"

没有医生的看护　或许他真的不需要了
没有更多的人来送别
只有亲人　放不开他的手
这与一个世界的寒冷相连的手啊
只有拳拳老友毫无顾忌的悲伤
一双颤抖的手摸遍他的全身
一双颤抖的手摸着他一生的痛
想摸平它们　好让他不再痛
病房里真安静　像自制砚台里
他亲手研磨的新墨　倾入时间之水
漾开去　漾开去　漾开去
直到今天　我似乎还能听到
刺穿心肺的钢针的落地之声

我愿意守着我的"小"……

□ 荣 荣

以派别或诗写习惯为自己作一个界定或归类,于我是一件难事。生活中我是一个能随遇而安的人,诗写上自然也有这种惰性。我一诗友曾以"悟到什么程度写什么诗"为他的诗写体会,我呢,一般也不画什么诗歌宏图,也算是一个随遇而诗的人。所以,如果一定要作一个界定的话,倒是可以以大小来论,那就是,我是一个小诗人。我愿意我的诗歌呈现自己的现实和内心,这是两种同样真实的生活。作为一名普通的女性,我也愿意从包围自己的生活中出发,更多地呈现当下普通人的日常现实。面对那些"大字号",我愿意守着我的"小",做一名小小的诗写者。

便将不跟风,不赶时髦,认真、独立、执着、自足,将诗歌目光投在像自己一样普通的人与事上,在内心更多地开掘诗歌的窖藏,作为我的诗写方式。便守着一份自我。有时候也会开玩笑或者赌气地说,我将辽阔让给你们,我独守我的一分真二分温柔三分小。

说到这里,我就会想起我生活的南方。在我眼里,南方是旖旎多彩的,它有它的刚,也有它的柔,但柔性更是南方生活通俗的一面:太多的雨水、太漫长的花季,它的长街里巷和小桥流水,以及人们过于膨胀的温柔欲望等等。我一直生活在南方,大多数时光都被南方这温和的一面抚慰着。我不想说我如何因为习惯而热爱我现实的生活,有些东西是显而易见又心照不宣的,我生命里的惰性让我对南方的温和有种深深的依恋,这份依恋,其实更是自己的内心对相对安逸生活的一种喜欢,对动荡不定的生活的本能排斥和恐惧。这样的生活充满了无数可能的小诗意,也许不够激烈,不够纯粹,也许更缺乏了一种锐利,但它是纤巧的,也是安静的,像一个人静处,也像在深夜里与喜欢的人面对。我的很多诗便与南方这个地理相关联。我愿意我的诗是婉约的,因为它与我的生活是般配的,这也是我的生活真实。我宁愿丢掉那些太硬朗的句子,比起那些空阔的诗,我更愿意呈现那些庸常的入世的姿态。

以诗写者自居的我,一直是小说和散文的阅读者和热爱者,我的创作对此也偶尔有所涉及。对于诗歌表现能力的局限,我很清楚但又心有不甘,我这样说也许是因为我诗艺不精,功力不到。我总以为,有时候写诗真不如写散文和小说来得淋漓和痛快。打个小比方,小说就像竹筐,能装非常多的东西,而诗歌就是瓷瓶,瓷瓶盛装的范围却小得多,那是质地决定了它所能容纳的内容。

但对于盛放心灵,诗歌还是最好的器皿。所以,尽管我写过厌倦诗歌的情绪,但漫长的岁月里,我仍然没有丢掉诗歌。

前面说过,我就是一个小诗人,自然也没有大的理想。但我也有引以自慰的理由,那就是大千世界,每个作家都不可能去写鸿篇巨制,更多的作品只能取一瓢饮。以小见大,微言大义,几句话里说乾坤,就显出作家的功底和阅历及对世界的一种透彻的把握,那也很了不得。诗人也一样。我个人的理想是后者,虽然凭我的心力,穷尽一生或许也难以做到? [Z]

原创阵地
ORIGINAL SECTION

高春林　冷盈袖　蓝　紫　马慧聪　尹　马
张凡修　蟋　蟀　杨建虎　吴治由　卢悦宁
王志国　从　安　王长江　辚　啸　鲍秋菊

隐 逸

（外三首） 高春林

在云龙湖，先去了苏东坡的院子。野生般
在水围拢的半岛上，给出明净
——明净即他擦拭的词。我从阴郁的河南赶来
依旧被它照亮。我想起隐逸，
隐逸是静下来的时间，是拒绝，以看见
灵魂的影子。白鹭这时点拨水面，自由即神

燕子楼记

一个巨大的虚空被燕角翘抬着，一个人
某种意义上是一个词语，被抬着。
她有高于燕角的眼睛，但她深藏在她
的眼底，深恐一走出来，世界就不完整。

世界没有另外的出口，要是不深藏呢，
或是无数女人。琴声有更多的疼。
一个不再有未来的人，所有的疼也都是
一种清澈的醒。她醉酒一样的迷离。

在院子里走着，我什么也没看见，
偶尔坐在惟一的长凳上，燕角挑向的
天空，又空出了一些话题。但我
什么也没说，在失却嗓音的一个虚空里。

引 力

请回到水的冷澈。请唤醒。
请清亮地发出嗓音，从遮蔽的真相。
在雨水与泪水之间的麋鹿，
在一个人的栈道上，请走出异己。
在人群中寻找，你是你的眼睛。

请给活的夜一个黎明之词。
请在暗下来的世界，游荡出身体。

你的险情，在于洪水即将淹没的
意志溃散到一个临界点，
请自立一个闸门，或立栏杆。
请在曲别针卡住的危险上
找到迂回的潜艇，给出你的引力。
请切入时间。时间即正题。
请站出来，给水一个巨大的风浪。

黄楼，或证词

筑城。抵御梦魇。我在，意味着
一个未来的方向在。
我倾向于，影子即是我的词语，
虽然它不时被黑暗抹去，不时倾斜。

我属于我的黄楼。在于什么时间发生了
什么事件，最终，它回到我身体，
为我备下给予世界的一个石头。

我属于每一个时辰。在急切变换
的城市，我虚构我的坟墓。
即便在夜里，它也有黑洞孔的眼睛。
我筑我的词。像洪水中筑城。

身后太多虚空，但我仍期待
土木隐秘的刻度里都有一个楼台，
以观雨，或给身体里的波涛以定静。

我抵抗过我的危险。这即记号。

大雾过后

（外三首） 冷盈袖

万物刚经历一场梦境
现在，我和它们一起
被阳光照耀。在一场大雾之后
世界呈现最好的时刻
我想我需要一些时间
就这样孤独地坐在这儿
独自领略失而复得的喜悦

夜晚是完美的

当所有的，其他人都睡下
我就可以这样说——
我的山川，我的月亮，我的星辰
还有，亲爱的，我的自己

虚幻之美

剩下的喜悦如此单薄
且平静，悲伤也是
不过是一日复一日
细水长流，微风轻拂

新居离熟溪不远
隔着夜晚，水声终于完整
站在长安桥上，看波纹反复消失
又重现。我想，我愿意是它们

活着便没有谁是无辜的
我选择避开那些潮湿的、阴暗的
丑恶的事物。是觉得
我们值得更美、更好的

让我心安的事物有——
草木、天空、山川、清晨的鸟鸣
目之所及万物欣荣，令人喜悦
之后是悲凉。美，总是如此

野　望

喜欢在窗户边，或者走廊上
天空、远山和田野，那样的空旷
与辽远，可以让人忘记很多事情

白鹭多么美，云朵多么美
它们飞过田园，然后消失在远方
远方多么美，消失也多么美

惟有美，才能对抗无限。我专注于此
已久。有时候，看到野外的天空搁在
周遭的山尖上，也完满得令人高兴

流 浪

（外三首） 蓝紫

第一次路过天桥时，那个流浪汉
在吃捡来的饭菜

第二次路过天桥，那个流浪汉
躺在蛇皮口袋上睡觉

一个月之后
我再经过天桥时
旧麻袋，破被褥已经消失
空荡荡的桥底
仿佛从来不曾出现过这样一个人

以后，每一次经过天桥
我都会想起那个流浪汉
天地这么大
他究竟去了何方？

斧 头

那个28岁的叫杨改兰的女人

以前，当她抡起斧头
砍向柴木时
一定有看不见的火花
隐在刀刃深处

2016年8月24日
当她抡起斧头
砍向自己的儿女时
刀刃处
是放不下的爱
和刻进骨髓里的绝望

去虎门火车站

天宝，旗峰公园，鸿福路，蛤地，珊美……
这些熟悉的地名
现在，我从地下一一经过它们

想起曾经踩在顶上的脚步
心头瞬间落满沧桑

二十年岁月在这里雪花般飘散
随着长长的铁轨向深处延伸
像神的梦幻手指
为我找到来路和去途

早 安

窗外无风
晨光扯着一点点喧嚣起来的街道
慢慢爬上我的书桌

那些铅字沐浴在阳光中
多么温暖
那书中被关在小黑屋的男主人公
一定也能感觉到

这样的早晨多么好
一切都透彻、澄明
我从温暖的被窝里起来
我从梦境里挣脱的每一天都是真实的

写在儿童节

（外三首）　马慧聪

我想拥有一间木头房子
房子被爬山虎裹着
又被森林覆盖

蝴蝶飞进来
蛇，蜘蛛，蚂蚁，萤火虫
都可以进来
大家凭本事吃饭
自生自灭

其乐融融的木头房子
还有一条美人鱼

她的尾巴与暮年
是我
节日里的痛

植物是不杀生的

一只猪说死就死了
它拱吃过不少蚂蚁
我可以证明

食人花会吃人
迄今为止
没有一位科学家可以证明

猪笼草的笼子
就是用来装雨水的
可以解渴，拯救生命

植物是不杀生的
我信佛
我吃肉

白鹿飞走了

这个世界的白鹿
就是那个世界的神兽
那个世界
村庄比人高贵
植物比城堡高贵
神兽最高贵

只有地球
偏隅一方

白鹿飞走了
村庄仿佛汉字
一个一个消失

我是小我

一个我
两个我
三个我

总共七个我
穿着红色的衣服
闯入夜店

在魔幻的光下
我们各怀鬼胎

有的把祖国潜藏起来
有的在谈论海水深处的鱼

还有的想让这颗星球
与自己的卑微
扯上关系

叹世腔 （外三首） 尹马

天底下总是有那么多好心人
把一个多次倒下的稻草人扶起来
让更多的鸟，在秋风中死于非命

天底下那么多好心人跌在路上。那些活着
但没有肝胆的草，无动于衷。只有
几只走投无路的鸟，用翅膀轻弹哀歌！

我们的方式

为什么你讲了那么多笑话，他还是不笑？
你是不是忘记前几天他的老娘死了
为什么你给了他那么多阳光、雨水、风，甚至
大半生的糖，让他去明天活着
他还是紧绷着脸？

你一定要他笑，是吗？
你为什么不悄悄走过去
用手，轻轻搔他的胳肢窝一下？

人 海

他们递给我一张纸，上面写着好多人的
名字。每次我都要大费周折
才能从一些人的前面和后面，一些人的
左面和右面，把自己捞出来

就像通过瓜瓞，从族谱里
抠出属于祖父的部分，父亲的部分
每次都好不容易，才能在横躺着的符号里
安放自己的躯体

总是这样
一张纸写满了名字，在我的前后左右
人们使劲地做一棵树，做一片树叶
做一个人留在人间的影子

做人海中借过的通道。陌生的人群里
时光波澜不惊，那么大的人海
总有人想通过尘埃，使劲地抽打
我们露在灵魂外面的骨头

围囹时刻

日头高过流年，层云破后
洪水自天上来。此时我们
正好从一剂茶汤中
谈论风雨，把多余的雾霾
请到旧时光的侧面去

我们不温不火地，咀嚼一粒咖啡糖
此时窗棂晃动，雷声一阵紧似一阵
有人在风中哭泣，有人
在沙发上打盹

没有人祈祷，也没有人
在闪电的躯壳中抽身
给自己安装另一个人间
不拥抱，不拱手作揖，也不喊醒
那个被告知一切的人
不惊动他在流年的水面上
惶恐地泗渡

叶子微苦

(外三首) 张凡修

黄瓜秧的叶子极少掉落
它的依附性强
茸毛黏密。即便干黄、蔫巴，直至腐朽了
也在藤蔓上牵拉着
大叶子牵着小叶子
小叶子从大叶子里钻出来
相互安慰
夏天还没过去，更多的意义不曾消失
雨后湿气蒸发。不论枯萎还是机灵，叶子都有
相似的呼吸
藤蔓更长，汁液微苦

惟有黑夜向我敞开

最后一枚晚熟的果子有一枚细柄
那是离我最近的柴火

干透的果子身体瘦弱，皱纹深深
我是最先咬到果核的人

我有灰色的背影，往灰色的灶膛里添柴火
在黑夜里

惟有黑夜向我敞开，柴火熏黑的锅底以及
锅底的脐眼

枕木旁的小花开了

天黑前的梯子有些短
石子一簇簇拥挤
很多开出去的火车都在回来
很多搁置已久的花苞，都选择在这时
开放。花朵增加了枕木的重量
风移出了一片
火车开过之后的
幽深。乱丛之上，颠簸、细密
一瓣一叶，拥挤
那几乎不能觉察的，惟一的漩涡中心
火苗亮在梯子上

无 从

大雨使经过的事物
获得两种对立的极端
天地滂沱。看不到远处，就不急着去看
渐渐地平息下来
一些多肉植物愈发膨胀
也更灰暗
迎面走来背蓑草的蓑衣人
他所看到的，我也看得到
使障眼法的人有好手艺
从很高的地方下来
洗过的天空，终究还是那颜色
"前后皆暗夜"，有苍茫参照的黑

轻风啊

（外二首）蟋蟀

轻风巡视村庄的哨所。
原野囚禁着布谷鸟的翅膀，
求偶的歌声砌就高墙。

被迫拥挤在芦苇之间，
那停顿被迫奔跑。
细叶，裁剪。
含羞的花蕾是蜜蜂的脚镣。

犁开泥土，
在草尖上忘形地翻滚。
那求偶的欢乐让人羞耻。
天蓝色的砖块越堆越淡。

卖刀人

夜深了，卖刀人在丛林里叫卖
他磨好的刀锋已经降临

每一片树叶都被
砍削成新鲜的手掌

每一条鱼都被
刮削出透明的尾鳍

将啄木鸟剁成铁钉的形状。
将松鼠的目光砍削得无比锋利

将岩石刨成浑圆，
将沙子切得更细。

给万物带来伤口，
并撒上露珠的盐

而买刀人尚未露面。他骑的马儿
被雕刻出镂空的四蹄

踏入夜风，转眼就迟钝。
那湿漉漉的毛皮

漫过溪流。
那低浅的流水握住刀柄

那些银币白白流淌，没有止境——
那尚未拔鞘的已不必拔出。

在蚂蚁的队伍里

在蚂蚁的队伍里。
搬运，研磨，在簸箕边缘。

茅草已摔打整齐，来年的谷穗已含浆。
石碌废弃不用，如释重负。

夜晚，缓慢地搬开月亮
这凸起的眼球。

母亲，你摸黑小心翼翼地摘下
风干的葫芦，里面盛满飞鸟掠过的凶兆。

你节省的棉油只点亮过一盏油灯。
庙檐下有人在说来年。

来年的秭草齐腰深，淹没田埂。
你的赤脚来年要在火上走

你的苦还没有吃够。
过冬时你积攒下的孩子已被田鼠剥空。

在细雨中

（外二首）杨建虎

一个人，走
在细雨中，听丛林中鸟鸣声声
山隙间的斑鸠不时横跨路面
还有一只野兔
跃过草丛

这是一个等待的季节
一层一层的木台阶上
野花烂漫。一个人
想，那个冷秋天
埋藏伤心、绝望、哀痛的旧时光

有误闯玫瑰花丛的感觉
在细雨中
看那些树枝上青涩的果实
这人世间，还有美好的期待
但愿在心灵的故地
与你再次相遇

野樱桃

那样的一个个傍晚
我们会准时来到山庄下
像追寻一个秘密
在饱满的汁液和果肉间
我们共同追寻
童年的味道，时光的味道

或者是在清晨
樱桃树上挂满露水
清亮的歌谣，立住了虚空
潮湿的枝叶，被我们分开
那些惹人的红果闪现出来
斑驳的身影，被露水打湿

野樱桃，启开了我们的唇齿
如同时光倒流
在最初的美中
我多想，找一只篮子
盛装这世间
褪尽的奢华

在火石寨

在火石寨，我迷恋于——
这些不停翻滚的赭红色的山体
像要燃烧
或者急切靠近
坦坦荡荡的天空

这漫漫的尘世之爱
在蓝天白云的映衬下
还原了更为真实的状态
命运，像这些不断奔涌的山石
在山谷间起伏不定
这些静静飞翔的词语
以轻风之手
完成秘密的和解

离开我们身体的旗帜（外三首） 吴治由

把衣服和裤子举起来
举过清晨阳光挤挤挨挨的窗口

离开我们身体之后
它们一下子就干瘪了下去
没了汗臭
没了尘土
没了性格
再一次变得干净和香气袭人

被举起来的衣服裤子幸运无比
高过我们的头颅
在阳台上等风

后来，我发现
连同衣服一道被举起来的
还有水
只要风一吹，都变成了旗帜

一只黑色的蝴蝶就是一道明亮的闪电

前车飞快，像掠过大地的一道光
一只黑色的蝴蝶，就此从高处应声跌落

它在空中翻转，不停地调整身形
它又一次张开了两片黑色的轻飘飘的翅膀
虽无比吃力但还是想着要抓住些什么

最终，它像一道迎头劈来的闪电
重重地撞上挡风玻璃飞了出去
之后，在后视镜里变成了一片满地打滚的落叶

2012年的爱情

2012年的爱情
在我的肺叶上捅马蜂窝，安装无数个发动机
那里有深潭响水，有细菌病毒，有大把大把五颜六色的药丸
有静脉注射，有病友三几个

像是为了纪念，我同意
在我的脊背上打孔，钻两口深井
往里面插管子，抽放水，抽出一次次真空的疼

如今，时隔多年
我都还能清晰地捕捉到从两口空井里传出来的回声

天空在秋日里滚刀子

天空在秋日里一阵一阵地滚刀子
密集的刀锋，轰开云朵割破风的喉咙

在坠入河流的时候，刀子被波光弹回空中
变钝，才又重重地落回村庄和田野

后来，刀子从父亲们钙化的腰身上滚过之后
一个个伤口里流出来的不是血
是盐

青春

（外三首） 卢悦宁

盛宴结束后我手中的玫瑰仅剩一枝
像劫后余生的怯懦之人，硕果仅存
把玫瑰带回家，与我面面相觑
置之于窄口阔肚的满水之瓶
它看着我在天色将晚时愈发干燥
看着我又渴又叫，在夏天来临前
彻底枯萎。衰败。形似标本。
而它不动声色换上盛装
像十年前的我一般清纯，青春
等待那与我快要苦尽甘来的恋人。

浮 生

渐渐慎独，刻意
只看到蔬菜的好处
丝毫不考虑自己是肉食性动物。
渐渐聚积起耐心
在拥挤的人群中侧身而过
假想的圣人幽居体内。
渐渐对往事上心，勤于家务
渐渐臃肿，但必须保持韧带柔软身姿轻盈
以最快的速度直抵七楼，或者
谁也不会向往的，拒人千里的禁地。
渐渐敏感于一些根本问题
丢失过睡眠、呼吸、记忆、手势、皮屑
也尝试着丢弃执念、信仰、热情、白日梦、谎言
渐渐通过各种方式试探自己的可靠程度
确保不会被过多的后悔过多地牵连。

洁 癖

幽居的人只与自己发生争执
在室外，他谦和微笑，善于倾听
信奉某种仪式化的行为
甚至打算于假想的荒原上度完一生

这并非完全不可能
只是世间最平凡的奇迹
缺点是宠物，他抱紧它
拒绝相信任何正在发生的悲剧

上半年

世上的人都会做傻事，他也一样
比如每年买回一株植物
希望它优雅，惟一的绿色不被尘世侵扰
比如头发一小时比一小时陈旧
自己却沉溺他物，以至将青春忽略
比如祈祷前或杀鱼后多次搓洗双手
跟所有人一样不为自欺感到羞耻

他真的不是自愿面无表情又心事重重

而他一生中的危险又是什么
是、而且总是过于热情？
过于焦虑。一年之计在于春
也在于必须看清春天深处太多腐朽

人间灯火都是黄金的耳朵（外二首） 王志国

群星闪耀
仿佛苍穹从深处在往外燃烧
尘世的灯火，是飞溅而出的火花
落向了人间的低处

苍茫夜色里，神在天外巡游
卑微的乡民在睡梦中翻转疲惫的腰身
只有雪山耸列，默默支撑着
越来越低的星空

晚风轻轻吹
仿佛人间灯火都是黄金的耳朵
每一束闪烁的灯火背后
都有一扇虚掩的门
每一扇虚掩的门里
都有一声遥远的呼唤
在等待应答……

走得慢的人最悲伤

他们在泪水里纠缠
在地铁口分别，在车站挥手
一次又一次，一次比一次慢
送走四川的，送广西的
送走云南的，送青海的
送走新疆的，又送内蒙的
送走贵州的，再送西藏的
送走湖南的，最后送宁夏的
就这样，每送走一位朋友
就在心里添上一道新伤
送走九个省的忧伤后

走在最后的人
再也无力起身送自己回家了
一个人坐在空荡荡的大厅里失声痛哭
走在所有人的后面
看到的都是匆忙的背影
走得最慢的人，最悲伤
孤独的路上，谁能给他一个拥抱
把这淤积的悲伤突然抱紧
然后各自散开
以背影互道平安

覆满月光的小路

月光洒在弯弯曲曲的小路上
小路就宽阔起来了
仿佛黑夜突然往两边的草木上后退了几步
让出了一线虚空

走在覆满月光的小路上
其实就是把一根银色的绳索
从黑夜的腰间拽出来
把自己惊慌的脚步声拴在身后
抵抗紧追不舍的黑暗

如果，前面突然出现一条熟悉的岔道
我会趁机把脚下的月光分成两绺
让粗的那一绺把夜晚引向旷野
继续追赶那个怕黑的孩子
只让最细的这一缕月光
在狗吠声中领我回家

石头经

(外三首) 从安

世界靠石头来加深自己。
刨,凿,雕
在铁器里剃度,石头
方有了佛的肉身。
是身
在寻找身外身
石头的一生是硬的。甚至
秘密,甚至欢喜
都安然于平缓的脉象
大水灌岸
淤泥里石头怀藏冥定的玉
而不安
是给石头赋形的人

热带印象

热,像来自玛雅的预言
镯子黑了,有人心事未了
一场雨落进古代的瓷器

电线埋进眼睛,目光就获得闪电
雷声盛大。树的记忆在光芒里重现
一个名字压满褶皱,像覆满灰尘的字典

空空瓷器。天空瓢泼蓝色的印章
满地昼夜寻找水晶。古代的雨把时间做旧
穿过万物的光彩

沐 雪

孩子朝上面喊了一声,
天空便洒下洁白的回音。
一路从天国扬下的花朵
将山川呵成一片浑莽。

一匹水晶绸缎包裹着世界
星星垂落在屋顶和窗棂上
童年回到一粒冰糖的重量
白鹭、梦和冬眠隐浮其间

万物收回影子,路收回界限
雪花与自己进行了一场告别
只剩元音、微弱的呼吸与盐粒,
掩覆大地的地平线。

荒夜行

八方无边。月光空照
稀落的玉兰与喜鹊
前方是路,后方也是路
春夜里。牵马人路过水边
苍山蓝色的呼吸,深深
拂向一张脸

我的月亮

（外三首）　王长江

餐桌久居不大的堂前，漆黑，斑驳
此刻移居庭院，庭院生辉
爷爷就是个魔法师，他总能在特定的时刻
从一层一层油渍渍的纸包里
掏出一些月亮
奶奶，父亲，母亲，我和姐姐
都曾是见证奇迹者

桂花又开了
许多熟悉的味道
月亮遥远
星星散落，芝麻粒般发着微光

我独自举头，低头，独自
将陈年的月亮
一口
一口
咽下

局　势

山岗连着山岗，那些山路
水田连着水田，那些田埂
村庄连着村庄，那些村道
中间一条河

时间在搬动棋子

那些还在走动的人

越来越空旷了
谁在局外，观棋不语

花园里

其实就是村子后面的
几十亩田地

红花草开红花，油菜开黄花，芝麻开白花
棉花是最后的云，也经不住风吹雨打去

只有九棵老樟，年年开花，像青楼女子
追着朝代，卖弄记忆

邻　居

两棵树，年复一年，接风接雨
两棵树上的巢穴，年复一年老去

他们掉到地上的时候，保持同样距离
只是一个先，一个后

飞回来的鸟，一个先，一个后
都没有停留

天堂鸟

（组诗） 鳞啸

天堂鸟

一生只落一次地。现在
她生在土里，折断双翼。

幸与不幸，都是骨子里的悲伤。
打坐　抄经

大多时候，阔叶扶栏，闲翻整日光影
翠微成墨时，不过南国秋雨成沱。

每一个节气都在准时到来

一个感觉，轻若游丝。我紧握住
开始明白，梦境，是你惟一温柔以待
它是虚无之境

让我如何告诉你说：
"多么快，明天立秋了，
我们度过了忧郁夏日。也将度过这一整年。"

在西北遇见众多的杨柳

无舟要系，送别的人到这里也就别了
众多的杨柳
羊群一样散落
有时它们是梁峁上惟一的绿色
起风时

我众多姐妹在向我挥手
"把你的手给我，带着幽怨
像江南的雨，对芭蕉的幽怨"

过兰州

我在窗子里看彩虹
横跨天际
吃盖碗茶里的红枣、冰糖
火车马上就要到了
除了不曾谋面，一切不曾辜负。

多么美好。一天的时间仿佛比别处的都多
我想我只是贪玩的孩子，不见你
我安心得没有愧疚

旧　地

春分日，一个人的方桌四海皆远
紫菜薹有高于昨日的黄花
可供断头　与对酌

黄叶细迷。那一张脸入梦
如旧地，重新幻化出光

仍是花光所有春光的今日
木兰掠过弘法寺的高墙，墙内
是香灰堆积的红尘，他年今日
元是此身花

漩 涡

（外二首） 鲍秋菊

一些零件磨损，新的零件可以更换
一些器官受伤，药物和仪器可以修护
一些思维欲裂，调控不能变成永恒

彬彬在打工生涯中，把一只脚陷进
一场事故中。另一只脚失去思想
始终，没有跨出来

黎明的天空，分流每一个人的时光
在不同的风景，喜怒哀乐
惟有彬彬，还原出生时的稚嫩与懵懂

安静地躺下去

月光避开摇摇晃晃的影子，躲进草垛的身体里
夜色弥漫出叶片的香味
我安静地躺下去，草垛的汁液灌满我的血管

一只喜鹊跑来，拿走所有的忧郁
用它的喙啄我的肉体
它的眼神，和我发梢一样黑亮

雨水漫过的池塘，残荷独立几支

仿佛草垛掉进去，仿佛眼神掉进去
一轮明月，半截出水

活 埋

一个词语可以组成句子
就像麦子撒下去，可以长出绿色
而后生出金子般的色彩
句子与句子咬合
是机器零件，在发动机运转时
开始震荡
它们相互折磨前进，发出细微的声音
有时还略带哀伤
过后，也有幸福的微笑
可能笑容的背后
一些句子拖出沾血的脚印
一步步走完自己的宿命
我也不能叙说清楚内部的隐秘
但我能把句子活埋
埋在肌肉与骨骼的缝隙里
洗礼，翻转
拿出来时，不一定惊艳
但一定越过了一个冬天

实力诗人
STRENGTH POET

伊甸
牛庆国
宁延达
乌云琪琪楠
田冯太
王老莽
张静
徐立峰
郭辉
谢克强

伊甸 的诗

YI DIAN

海，像一个巨大的碌碡……

海，像一个巨大的碌碡向大陆滚来
它想碾碎什么？
卑微的虫子？自以为是的人？
粗野的风？伪装成绅士的阳光？

沙滩紧张得屏住了呼吸
椰树却像一个洞察时世的智者
呵呵一笑

但大海确实碾碎过虫子
碾碎过人，碾碎过风和阳光
它并不总是虚张声势
它一万天的虚张声势就是为了
在某一时刻对大陆狠狠一击

被雾霾追捕的星星……

被雾霾追捕的星星
逃到大海和高原之上
它仍然心有余悸，它在那里颤抖

它像一个娇弱的女人让我们心疼
谁能把它紧紧抱在怀里
用骨头和血液保护它？

它对大地充满了警惕，对我和你
也充满了警惕。我们怎样才能像高原湖泊
像大海上的白帆，取得它的信任？

波涛汹涌着它自己的汹涌

波涛汹涌着它自己的汹涌
礁石无动于衷。它脸上的几滴泪
是大海甩上去的

夜色汹涌着它自己的汹涌
你无动于衷。你眼睛里的萤火虫
已变成一粒粒暗淡而又粗糙的沙子

孤独汹涌着它自己的汹涌
世界无动于衷。它的喧哗与骚动
正如大海的泡沫，一眨眼就会消失

海南文昌

海南文昌，这个宋庆龄从未来过的地方
建有一座宋庆龄故居
在街头拐角处，她的塑像不知所措地
看着商铺和招牌乱纷纷地改头换面
时间像久已失踪的青石板
不会对你说出逝去年代的真相
风正在往海边吹，高隆湾的阳光
顷刻间有了黄金的分量
一百年来，海浪无休无止的叫嚷
并未说出真理。逃避雾霾和严寒的老人们
用留在沙滩上的脚印
说出了东北、川陕、齐鲁、江浙……的忧郁和惶
恐

雾霾和我的诗

我从雾霾中逃离
雾霾在追赶我，它马上要揪住我的头发了

我逃入诗歌，把门关上
诗歌成为我惟一的家园
惟一的救世主
惟一的自慰和自我折磨

然而雾霾从门缝中挤进来
它给我戴上锁链，它以我为人质
向我的诗歌索取澄澈、鲜活、温暖
它要把这一切染上黑色
让它们丑陋
输入病毒，让它们腐烂

我的诗如果交出这一切
我和我的诗
就会成为雾霾的一部分

沉　默

岩石沉默了一万年
雨水肆无忌惮地抽打它，揉搓它，恐吓它
在它身上啐满唾沫
岩石不再沉默的时候
无论它以泥石流的方式呐喊
还是以熔岩的方式呼啸
它开始迎击雨水，俘虏雨水
让雨水哭着忏悔

远　山

它坐着不动。它在耐心地等你
它相信你总有一天学会飞翔
它呼唤你的名字，有时急切
有时舒缓。它向你指点
你和它之间的那条河流之深
那个沼泽之险

树林里的蟒蛇、杀人蜂、见血封喉树……
你老了，翅膀始终没有从你的肋骨间长出来
你有时挥挥手臂，装作要飞翔的样子
它激动得颤抖起来
最后是一场雨浇在它头上
也浇在你头上，你们哭泣
绝望。你们精疲力竭
你们试图不再呼唤，不再凝视
你们在自己身上刷一些陌生的颜料
你们故意做出一些对方不习惯的姿势

但你们身上的血液仍然在互相呼唤
你们的骨头依然在彼此凝视
你们的身子不由自主地前倾，像要不顾一切地
扑入对方的怀抱

面对高山

仰望得太久，脖子开始抗议
我退到必要的距离后面
平静地看着他，他会心地一笑
随手摘了一些阳光和雨水
撒在我和他之间的开阔地带

他如此彬彬有礼，像一个风度翩翩的绅士
他端上来的茶水，有一种
梦幻的味道。他下意识地
伸出松树的手臂
要掸我衣服上的灰尘
他终于意识到了我们之间的距离
便去掸天空的灰尘

他不敢弯下腰来
缩紧身子躲进庙宇
他也不敢昂起头颅
对脚下的蜗牛、松鼠、蛤蟆视而不见
我通过一只飞翔的鹈鸟
完成了彼此的嘱托和致敬

陌生小镇

你来这里寻找一只适合自己的鞋

你在路上扔掉了思念和
年龄。你身体空空
想要装下异乡的酒、月亮和神秘的钟声

公共汽车不管开到哪里，永远不是终点
你走过一座桥
就把它藏在行囊中带走
陌生人的微笑是你的粮食
听不懂的方言是你的饮料

独自一人，可以站在人群中
被看成一棵树，可以爬到最高的楼顶
让所有看见你的人猜一个千古之谜

如果你还记得你是个诗人
就留下一滴泪，给镇上最美的女人
——街头的一尊塑像
你轻佻地捏了一下小镇的脸蛋
它朝你憨厚地一笑——
始终不知道你是什么怪物

你来了，你走了
只有街心公园一片被你踩痛的落叶
知道你来过

壁　虎

我在台灯下读加里·斯奈德的诗
恍惚中，一道细细的光影掠过
我抬头，看见一只壁虎紧贴在玻璃窗外
它细小的舌头得意地卷动着
它刚刚吞下一只虫子
它的神情仿佛在告诉我
只要它愿意
它也能把我当一个虫子吞掉

隔着玻璃，我感到了我的安全
我仔细端详它三角形的脑袋
柔软得让人怜悯的四肢

我伸出手要去抚摸它了
我的手指刚刚触摸到玻璃
它像一道突然消失的光
窜到黑暗深处

黄　牛

一头黄牛悠然地啃着青草
它的憨厚呼唤着我
跟它称兄道弟——我向它走去
上帝作证，我绝不想骑在它背上
更不想把它牵走
它像受了惊似的
撒腿就跑——但缰绳牵住了它
它慌乱地踏着步子
睁大的眼睛里充满恐惧和警惕
难道它从我身上嗅到了
我刚刚享用过的五香牛肉的气味？

短促的一生

他坐在书桌边写一首诗
他写下真实的黑发、情欲
虚构的爱……他站起身来走到镜子前
看见一个白发苍苍的陌生人
从镜子里忧郁地看着它

他抚摸过一头猴子，一只青蛙
一株孔雀草，他摸了一下
它们就不见了。他恨过一只蜜蜂
一只蝙蝠，一株蒺藜草
他来不及说出"恨"字，它们就不见了

他继续坐到书桌边写诗
他在自己的诗行中拿掉了火焰
也拿掉了冰。他让各种风
任性地吹他的笔尖，他平静地记录着
每一阵风短促的一生

牛庆国 的诗

NIU QING GUO

去了一趟巴丹吉林

这么多针尖大的沙子挤在一起
连绵起伏
但它不叫疼痛
而叫苍凉

如果说这苍凉是一块伤疤
坐在沙丘上的那人
是不是一粒盐呢
风中的巴丹吉林
扭动了一下身子

沙子细小的叫声
是它和头顶的一只鹞鹰在对话

此刻　一个人多余的潮湿都被蒸发了
多干净
我忽然渴望来这里流放
像一把芨芨草
剩下的时间只为活着

回来的路上
衣袋里装着一把沙子
那是贴在我身上的干燥剂

焉支山下

焉支山下的大风一吹
就把一群马都吹远了
像祁连山的雪线
一闪一闪地动

那天焉支山的秋草
忽然一起弯下身子
它们身上背着马的缰绳
一根是大单于的
一根是霍去病的
…………

那个在草原上捡马粪的姑娘
她头上的花头巾
向匈奴的方向飘了飘
又向汉朝的方向飘
之后就飘向我了
她是哪朝哪代的公主

那天有人站在风中
用山丹话向我打招呼
怎么听都像一匹胡马
咴——
咴——
咴咴——

长城下

一滩的白石头
忽然其中的一块咩地叫了一声
再看　一个黑脸膛的人
披着一片羊皮
像羊　也像石头
此刻　他不紧不慢地抽着一锅旱烟
心里的想法
肯定比羊高出一筹
如果羊们都坐下来抽上一锅烟
那就是烽火台上的狼烟了
长城外正在集结的云

像匈奴的马队
眼看着就要冲过来了
但羊还是只顾低头吃草
它们相信在一棵芨芨草下
就可以藏身
即使风吹草低
也不出来

敦煌章句

1

是我的遥远　也是我的苍茫
古老的星光
照着甘肃的边疆

我来时这样
我不来时也是这样

九层楼前的那些白杨树
它们告诉我的
我将告诉世人

"佛啊　祝你风调雨顺　四季安康"

2

大风起兮美女如云
如云的美女
在我的头顶上飞来飞去
裙带上抖落的沙子
落到我的脖子上
像雪　但却是热的

那些叫飞天的女孩
更像春天放飞的风筝
敦煌的风　也正好让她们
高过我们的头顶
适合人类仰视

3

在那个叫莫高窟的村里

我曾和那些慈眉善目的老人
躲在风沙吹不进来的九层楼上
交谈敦煌一带的雨水和收成
也说说那里已经过去的好多事情
有一次　说起我这些年的经历
忽然感到委屈
眼睛就有些潮湿

说着说着　讲解员就插进话来
我们便沉默不语

4

雪落敦煌
敦煌在雪中飞翔
雪落在高处
雪落在低处
雪落不住的地方
叫九层楼
那是佛的住所
忽然谁从窗户里扔出一颗星星
雪就在沙地上沸腾起来
像一个人内心的苍凉

5

从莫高窟出来　天已黑透
车灯像黑牦牛的犄角
挑着丝绸的披风
在敦煌的戈壁滩上奔跑

忽然感到两根苍白的手指
把远处的三危山捏住
在心里磨来磨去
像古代的一根墨锭

我知道　有人彻夜不眠
在九层楼上抄写经书

在草原

在草原上
你必须关心身边的小草

就像关心自己的兄弟
这些兄弟一年只回一次家
他们的一生
只做一件叫作绿的事情
因此　我常常想念他们
至于那些小花小朵们
都是草中的好女孩
她们的美丽　是草原的星光
有一些小草长得高了些
就显得出类拔萃
也有一些小草
一直都在朝着树的方向努力
他们就走到了草原的边上
可当牛啊羊的走了过来
他们从不躲避
草知道自己是草
那天　当我在草地上躺下
草和花们就一起弯下身子
把我举了起来
他们以为我是落草的英雄
其实　在茫茫尘世上
我是和他们一样的小草
只是偶然写几句小诗
除了对阳光和雨水的歌唱
就是一棵小草心里
草原一样辽阔的苍茫

奔跑的牦牛

黑色的披风
被草原上的绿风吹起
一位古代的剑客
假如他跑得再快点
就会跑成头顶上的那只鹰了
只是藏在黑衣里的那把利剑
肯定是用骨头做的
锋芒　比扎尕那的雪还白

在甘南的日子里
我感到的侠肝义胆
多与牦牛有关
有一头牦牛做朋友
我也就敢路见不平时
拔一根骨头晃一晃了

老龙沟的云

误以为我是牧羊人了
假装成羊群的一片白云
那天忽然从山头上涌下来
把我淹没在迭部的老龙沟里

左一脚是云　右一脚还是云
后来一朵杜鹃花哎哟了一声
我被脚下的苔藓滑了一个趔趄

神仙生活的地方
人还住得惯吗
我看见白云走过的地方
草色又深了一层

宁延达 的诗

NING YAN DA

癌 症

财富是一种癌症　在命中的某一天
会绽放出罂粟一样诱惑的笑容

爱情是一种癌症　不必等血都换尽了
再默默迎接那种绝望

执着是一种癌症　这令你震怵了吗
向年轻的方向挪个窝吧
藏起你峥嵘的骨头

风的魔法

我确信　风来到这个世界
是为了带走秩序
它在窗外兴奋地叫
猫一样跳　鱼一样潜伏
它请你关掉电灯
彼此屏息　试着用耳朵的小树枝
捅对方的痒痒穴
然后两个人哈哈笑着　一起奔跑很久

城市耸着鬃毛　人群如蚂蚁切割着尸体
风可以发出怜悯的悲泣　但它不
轻易跃过这一切
像穿一双弹簧鞋
我可没有那么帅
被楼群绊得鼻青脸肿
折断三根肋骨　内心弹孔无数

风　从不把自己圈进屋子里
它让我学会打开窗　或拧开扇叶
使空间变幻　发动一场漩涡

有时它把树枝拉低　弹我到天空中去
并伸出手指　念念有词

现在　我被施了魔法
流动起来　突然变得那么会飞
拐来拐去
不借助花蝴蝶的翅膀　也不用燃烧的汽油
如果你命令我停下
你将如同命令一团空气
我无形无状　无心理你

异 类

我应该不是第一个从身上长出叶子的人
你有吗？
你有吗？你有吗？
我应该不是第一棵能行走的树
还有谁？你在哪？
你在哪？

我从啄木鸟惊心的眼神中看到了
同类　我从地面纵横的沟壑中
闻到了　同类
我从风中
截留了电波　水滴　以及悄悄耳语

我寻找你　蹚过辽阔生命的禁区
上帝巨大的鹿角
顶着这个世界的惨白
风捂着脸　吹悲伤的巨大石块

我看见过抹掉蓝色海洋的手
我吞吃过人类的心脏

医生笔记

一只狗汪汪叫着 看来它没把我们当朋友
它用声音恐吓

我们从虚弱中来
别看我们嬉笑着谈叔本华
谈这个老光棍根本不懂性爱
我们唏嘘不已的 实在是
他二十岁险些陷落狗嘴那件事

黑暗中交换词语
像交易鸦片或假币
沾着阳光的人企图隐入夜晚
却一次次被恶犬揪出

我们只懂一味药
阳光研成粉末 用烈酒送服
猛药 以毒攻毒
这不是我们的药方

毛毛虫附在叶子上

我的所有都可以给你
可你不要抢那一点孤独

眼泪你不想要
就留给我 洗涤命运

你从十五层扔下了最珍贵的东西
仿佛是电脑 实际上是一皮包饥饿

灵魂不能吃太饱
不然没地方盛放幸福
就连那些叫作爱情的叶子
也不免出现几个虫洞

然而人们依然会由衷地赞叹
它们 真美

痛苦是最远的爱

我们在悬崖边行走 在破碎的玻璃中闪避
如同穿越漩涡 掐断气管
如同蹲坐在笼子中默默抽泣
前面是焦虑的老虎和一地烟头

身体穿越身体 走到影子的后面
有一滴爱的原液 从心底奔赴眼底
平静的事物恍惚中变化

欲望漫过山谷
变作无家可归的冷月
豢养过欲望的人
都曾被欲望咬死

在漫长的醉中
黑海岸 折叠着自己
痛苦的爱最远
希望的距离最短

算 算

算算眼泪 算算后半生的吻
算算还有多少写诗的日子
算算一把用旧的钥匙 还将撬开几扇门

算算默默的钟摆
你脸上即将出现的皱纹
算着寂静夜空
无人之语
算着你的鼾声 算着
上升之露

铅笔刀削出的尘屑 如同已逝去的部分
算算剩余的 还能写满三十张纸
哦 你我经历的痛苦
前半生在云里
后半生将在土里

睡眠来临了

实力诗人

命运　一个轮回的幽灵
它暗示一些不可思议的片段
灰暗的眼睛闪着磷光
像一条鳊鱼
来了又悄悄游走
第一千零一次

失　火

夜深了我还睁着眼
不想睡去
是因为脑海里
还有想着的东西

窗帘一刻不停地抖动
是因为
风的呼唤吧

夜
比我的心还空
它那么空
是希望有事物将它填满

睡眠关闭了
木偶的胳膊　扭断了
电话铃终于响起
手指迫不及待地去按按键
我把悲伤的火点着了

云团轶事

暴雨像牛群卧在山谷
低气压的反刍　胃的黏液
世界深深恐惧着闷热的夏日午后

鸟钻进成吨的绿叶
虫子瘙痒桑葚的暗红
年轻姑娘长一副异国嘴脸

她的裙子在镜中鼓胀

潮水最好融化到肉里去
项链正好落在脚边
当心嗑到碎骨头　没长记性的猎物
瞌睡虫的榆木脑袋在征兵的时候悄悄逃走

不论出于什么原因
请你选择自己的生活
哪怕你暂时蜗居在山谷
反刍叛军的余孽
胃液　消灭恐惧和无限制的压迫

云团　顶着犄角奔跑起来
最后化身巨大石块
你知道　暴雨终会升上天空
撞开交响乐团的栅栏
在天空敲出一个巨大的黑洞

夜　路

每次路过街角的发廊　我都慢下来
装作路人
不敢斜视
我再次告诫自己　不跑
就不会有警察追

偏偏店里的姑娘娇喊
帅哥　来玩会儿嘛
我的心脏一阵骤紧
不禁加快了脚步

这时一个人突然拽住我说
别跑
装作若无其事的样子

我们两个沉默着走了很远
走到路口又默契地分开

乌云琪琪楠的诗

WU YUN QI QI NAN

奔跑的时空密语

触摸你的快乐
就像是触摸我额前的一缕发丝，
轻轻地把它们别在耳后，更多的阳光就会走进
   来。
在等你的时候我一边看雨，一边寂寞，
还写了一首题目超长的诗。

好想跟随着一滴雨落进你的窗棂，
用滴滴答答的声音包围你的世界。
我不说话，只是看着你，
因为我相信你会从我的眼神中读出来。
我用目光抚摸你，听着雨声，
把后山的风景朗读一遍，
就像是海风滑过我的肌肤，
每一处都有隐语——

我的心跟那雨声一样，飞起，落下，
还有一些牵挂，为了你，远方的人
突然有点伤感和不舍，
请原谅，我有些乱了阵脚
把自己放在月亮上，
没有风景　也没有世界，
我在你的眼里，你在我的心里。

一湖水

从我到你一个吻就够了
我俯身的时候，你会轻拂我的脸颊
雪花就是这样落下来的
掌心记着它们的温度，而流水依然还是流水
和更多美好的事物一样，它们不会被岁月所困

不会因为季节而缩短生命的长度

别去计较了吧，她只是
一只迷路的蝴蝶，在每一个路过的街口
重复着失声，给她一段岁月，
不如还她一个天涯。

任何夕阳都有回望，只有不愿意飞翔的人
才会选择逃跑。

也只有风才会做一些破格的事，囿于一湖水
是否会有惊鸿和鸣蝉，直到飘起来
把你我都当成了路人

安于纸上

窗前纷飞的雨滴，顺着时针滑落
停在一首小令上，风一吹
日子就矮了下去。前天以前
是否比昨天还要远一点，一小撮往事
如同野薄荷一样带着大把的小清新
捋走初秋的吻痕

挂在虫鸣上的密语，偶尔穿越时空
植入一缕炊烟的韵脚，火一样的
平仄，瘦了西风，肥了白马
梦里梦外，总有一些词
说的都是我和你听得懂的语言
此刻，石头多么安静

挽起长裙，撑开一把油纸伞
像丁香那样结一脸的愁怨
如果我不告诉你二十四桥的断章
那么我眼里的水，一定会打湿

这个秋天的月色

来，静静地呼吸

来，静静地呼吸
静静地采摘大把的月光，晨露和花朵
静静地捻成线，捻成一粒烟火的韶光和温存

来，请来呼唤我
请让我的手握紧你的手
让窗外漂浮的柔软的空气都慢下来

慢下来，去看一只鸟儿飞进开启的窗口
看阳光下，树叶的影子在一个人的脸上横斜摇曳

来，静静地呼吸
静静地遇见一段时光
握紧它，我有十根手指
每一根都是一个着火的自由的世界

你懂得

之后，从枯木到芽色
需要运用一些换算，
需要从身体里面拿出一些蛰伏的悲悯
需要一页白纸，和一个正直的理由
还需要走一个捷径。

必须绕过那些缓慢生长的苔藓
必须消减一些寂寞。叶子越是靠近阳光
就越容易与一滴晨露保持距离

为了一片海提前走出另一片海
草率到渴望被骗。顺着风
叫醒夕阳和月亮的耳朵。亲爱的
——剩下的都属于你

等风来

暮春三月
适合把一小撮月光拴上一条
浪迹天涯的马尾
适合让左手与右手重叠

我曾经住过的窗口，要等
远方的樱花一瓣一瓣地敲门
要等春天里那些薄薄的寒冷一点一点褪去

要等一些风缓缓地打开
这日渐垂暮的身体

因为遇见

阳光丝毫没有防备
一场雨后，所有的心情都是透明的
你眼里揣着欢喜，也揣着一丝羞涩
是的，就像不远处的蔷薇花

你就这样坐在我的对面
我们谈论秋天，谈论上一场相遇
谈论那些舍不得走远的往事和山水
整个下午，你都抱着与古典有关的气息
把诗歌的肋骨都雕刻成生活
在你面前，我天真得像个少女。

只想着把那年的风景再温习一遍
再爱一次，飞蛾扑火的源头

说出爱

小声地说，或者大声地说
想来都是卑微的。
我来自一颗星星
以尘土的方式留在人间
从乡村到城市，从炊烟到霓虹
我熟悉一粒麦子拔节的声响
我也熟悉一块砖头垒成大厦的朝暮
有时，我的爱会借着冰冷的事物隐藏
有时，我的爱也会像一枚饱满的蒲公英
等风一来，就伸展翅膀
交付给蓝天，交付给时光
交付给每一寸我停留过的土地
是的，我亲爱的祖国

我竟是如此的卑微
我只能借身体里的一块骨头，对你
说出爱

骨　瓷

抚摸它就像抚摸一只乖巧的猫儿
它很白，不是雪的白，也不是月光的白
它的白。许是处子的白？是茉莉的白？
是可以装下万千云朵却又不太新的白
我暂且喊它小东西，暂且不与它过分亲昵
暂且不给予它姓氏，暂且忘了我是一个有情感的
　人

接下来是漫长的冬天，漫长的滚烫的黑夜
和漫长的陪伴。它送我午后的阳光
送我尘世的斑驳，送我灿烂的
转眼的十年。
而我，依然学不会如何做它的主人
依然学不会如何做一个
攥着光阴行走的女人

一个人的秋天

如果我再热情一点
或许夏天就不会走得那么急了
一片叶子把我夹在了秋风里
我说　我不喜欢
你抵达的冷，让我不知所措
其实你并没有失约
只是我还没来得及抽出体内的火

一本书只读了一半
烟雾便从那个窗口飘出
后山，真的会有一只太阳鸟吗？
从荆棘的世界出发
在黑暗的夜空中喷出火焰
你看啊

九月的呼吸和心跳
都被锁进一个单反
咔　咔　咔　转身
——爱或者不爱
都与这个秋天无关

一条躺在马路上的鱼

跟前面的车子一样，一连串的跑偏
原因只是为了躲避一条鱼，它就那样躺着
身上有红色的血迹，它可能已经死去
或者正在死去的途中，傍晚的风使劲地扑过来
带着清水河的水草味，鱼腥味，或者还有垂钓者
　的汗臭味
在路上，我没有时间可以停留
甚至没有时间去揣摩一条鱼的眼睛
如果把宿命这样的词语强加给一条鱼
它的命运会有几种选择呢？
被大鱼吃掉，被水草缠住，被一个人
或者一群人当作宠物或者　吃掉
究竟哪一种才是它喜欢的方式？
它别无选择，它听天由命
它在人类的江湖里无处可逃

田冯太 的诗

TIAN FENG TAI

炼 铁

背井离乡后,铁矿石们
在热烘烘的高炉里相遇
你不认识我,我不认识你
来不及彼此问候,就化作
一摊尸水
你不是你,我不是我
然后,坐上拥挤的火车
去往另一座高炉,去
凝结成别人的梦
百炼成钢后,他们
再也见不到熟悉的田园和村庄
再也听不见蛙鸣鸟叫

炼 钢

炼钢炉内热气腾腾,红得赤诚
就像曾经的我们,都有一颗
赤诚的心。二十年后
我突然想跳进炼钢炉,尝试着
烧光我的肉,蒸干我的血,熔化我的
每一个器官,让灵魂
炼就成钢铁侠
成侠后,我也不惹是生非
也不敢打抱不平。我只想
在被他们击倒以前,也让他们
疼上一阵子。而不是
不明不白地死去

轧 钢

钢坯顺着别人设计好的轨道前行
先加热,后浇水降温
总之,经历了水深火热之后
才有资格,被轧成型材
这期间,有的要被切割掉
成为废品,被贱价处理

突然感到很庆幸,被贱价处理后
我竟然还是一根钢坯,而不是
鸡蛋,或者柿子

同样是秋风

十三岁那年的秋风
把稻子吹成了金黄色
你站在田埂上,蠢蠢欲动
在稻浪的起伏中,割稻的女孩对你说:
谷子都熟了,长大后我要做你老婆。
于是,你调头就跑

二十六岁这年的秋风
吹得霓虹灯辨不出颜色
你站在十字路口,碌碌无为
在香水的海洋里,一个声音对你说:
别问我是谁,今晚你可以占有我。
于是,你尾随而去

夜的逻辑

路灯是两条平行线,整齐得
不需要任何章法
透过车窗,我的眼里
满是儿时的煤油灯
在比肌肤还黑的角落里摇曳着
那时,我以为它能照亮我前行的脚步

城市不需要黑夜。明晃晃的
不是月光,是千千万万渴望的眼
红唇、高跟,还有高耸的乳房
和白皙的大腿
我以为客车驶进了天堂
只是,隔着紧闭的玻璃窗

离家时的石板小路,不停在向我诉说
车轮碾过的地方,不过是
一座座高墙。我身在其中
做着毫无意义的布朗运动

我不知道这条路通向哪里
但我知道前面灯火辉煌
然而,辉煌的灯火装点的
是别人的梦。我只能悄悄地窥探
然后走开。别人的梦里是否有我
这一点都不重要。我只是一个过客

或许,我应该顺着那条石板路回家
肩挑背驮,用身体支撑起浑噩的岁月

不是我放不下眼前的浮华
只因为我再也无法拾起镰刀、锄头、扁担
和那些弯弯曲曲的脊梁

原谅我吧!父亲
按照您的指引,我看见了七彩的霓虹
只是我不知道,它们为谁闪烁
您梦中的完美世界,它就在我的面前
遥不可及

两个世界都是必要的
只有自己是多余的

在黑夜中脸红

霓虹灯迷住了我的双眼
我混迹于他们的世界
眼睁睁看着别人的精彩
而我,只能在黑夜中脸红

明天,太阳照常升起
我将变得跟他们一样
一同期待着黑夜的到来
黑夜,是他们的捕猎场
之于我,则是遮蔽脸红的帷幕

历 史

象眼街为什么叫象眼街?
为什么不叫牛眼街,或者
马眼街,而一定要叫象眼街?

没喝酒的时候,韩旭
从不跟我探讨这个问题
只有在眼白变红的时候,他
才会不厌其烦地问同样的问题
然后,自问自答

"我小的时候,街中间
有一尊象脸的石雕
其他器官都看不清了,惟有象眼
怒视着
年幼的时候,我不能确切地知道
那究竟是牛,是马,还是象
也不知道它为什么会在街的正中间
有人说,大革命前它本在街边,而且
是一头完整的大象"

只有在眼白全部变红的时候,韩旭才会说:
"这些都已经无从考证了
无从考证了,你知道吗?"

孤堡：刘年的出租屋

1

刘年已经搬走几个月了
我依然不时信步走到他的出租屋前
听说，新搬进一个女生，挺漂亮
对于这间屋子来说，漂不漂亮
一点都不重要
重要的是，她是女的
这里已经很久没有过长头发
和胭脂水粉的气息，当然
还有甜言蜜语、打情骂俏和耳鬓厮磨

2

王单单说，刘年常在里面看毛片、打飞机
打飞机这件事具有私密性，我不得而知
但看毛片一定是事实，因为
是我教他下的
一个男人和一座城市
构成了一片沙漠般的海洋
刘年的出租屋是海洋里的孤堡

3

2010年端午，我第一次造访这座孤堡
和孤堡里的汗臭与书香
刘年有一把木吉他，时常走音
我帮他调好音后，顺便弹唱了一曲
他让我弹一首《故乡的原风景》
可惜我不会
但我会喝酒
那晚他只喝了两瓶啤酒
就烂醉如泥
那晚我们同床异梦
我梦见了发财，他梦见了诗歌

4

王单单大概不会忘记
除了看毛片、打飞机
刘年还会写诗
就在这座孤堡里
他曾在一首诗中写到
他在双层巴士上邂逅一名少妇
然后，擦肩而过
如果换作我，我会把她带进这座孤堡
然后占有她。哪怕一次也好

5

事实上，孤堡也会有女访客
她们分别是柏桦、胡有律、霞衣和我的女友
她们并不全都懂诗。她们来
主要是为了给刘年整理内务
整理内务有时候比写诗难

6

刘年的妻儿会适时而来，每年两次
他们来的时候我会主动离开
他们走后我又来
孤堡里的凌乱荡然无存
我有些不适应

7

刘年走的时候，只背了个双肩包
那些吃饭的家伙，全部留在了孤堡里
他让我带走，我拒绝了
我只拿走了两本书
一本《搜神记》，可用于扼杀时光
一本《2012年中国新诗大典》，里面有他的诗

王老莽 的诗
WANG LAO MANG

覆 辙

我们，在时间的单行道上逆行
一刻不停地赶往过去。走在前面的脚印
都是覆辙。翻开的都是旧历。我们
在一面镜子前，重复成彼此，左右难辨。然后
向镜子的另一面走去。我们
不断用陈旧的名词翻新自己。却不敢
轻易植入动词。每一天
我们都在折旧，向生命支付利息。接下来
又开始透支剩余的未来。我们
已习惯于浪费。然后自责。痛心疾首
然后又继续浪费。当我们开始节省
已经所剩无几

预 言

桃花，摇身一变就开了
春天，摇身一变就来了

鸽子，嘀嘀咕咕
像妯娌之间的骚言杂语
几只麻雀，在瓦楞间，啄食
炊烟里的柴米油盐
并不理会，那些自寻烦恼的闲话

夕阳归来，乌鸦嘴出言不逊
预言：野樱桃，一旦重拾落英
腊梅就配不上春天。顾影
自怜的水仙，又算哪一根葱

茶 叙

我们，坐在天和苑的露台上
喝茶。茶几上的茶杯此起彼伏
像一局五子棋的对弈。阿冰
飘老三和韦先明，畅叙
当年那一次"夜过巴州"。由此扯出
"什么叫作砂罐"的课堂事件
和"女厕所窃听门"。夜色
漫过高七九级，漫过
往事的鱼尾纹。或明或暗
的白发。话题在杯盏间
切换。最后，叙起
彼此的父母。对此，我已经
没有发言权

磨 刀

我看见小区磨菜刀的老叟
每天磨刀霍霍，倘若
让他磨剑，十年，只磨一剑？
我曾在笑里藏刀，却没别人藏得深
于是，我将匕首藏于心脏
十年之后，心里仍有一些不忍
一些不舍，而笑里
再也藏不住刀。我便
从胸口拔出刺刀，割舍
那些多余的情绪。倘若我
也像磨刀匠那样磨刀
边磨，边在自己的手指上
小试牛刀。此时，老叟抬头
看我一眼，目光迟钝

实力诗人

61

我从迟钝里读出了锋芒
我感觉他不是在磨刀
而是在磨刀光
和剑影

生　日

树影，像一条黑狗
在老槐树的身边躺下
一阵风过，它的毛发竖起
仿佛嗅出了世界的异味
河滩上的卵石，被晌午的阳光
孵化成烫手的山芋，那枚带裂纹的
石头，表情诡异，隐喻石破天惊
我觉得，某些事物的正反两个方面
正在暗中较劲，像一页翻过去的
日历，又从阴历里重新走出来
父亲所做的记号，恰巧藏在
老槐树的树影里。这件事发生在
阴历五月二十九和阳历七月三日
这阴阳倒错的一天，我的生日
像一个险象环生的局
其实，从去年的这一天开始
我就发现自己，越来越
老谋深算

清明节·人间

在坟园路口，我遇见一个
我认为死了多年的女人，与祭祀者
一起从坟墓里走出来，谈笑风生
她朝我活人似的笑笑，擦肩而过
这个朝人间走去的女人，究竟死没死
或者，她就是一个让人
死去活来的女人

炮仗声，在坟冢间此起彼伏
像一场极小的战役。硝烟像疑团
在草木间弥漫。三三两两活人
以有求必应的心态，把合适不合适的念头
都置于坟头。这来自人间的回访
更像是一场惊扰

烧纸的过程

我给故人烧纸的过程
像地下党销毁绝密文件
信封上的地址和收件人，务必
在特务破门之前，化为灰烬
老电影场景，需要验证码
才能重播。当年，我也曾
模拟党的联络员，把作业本
当作同志们的名单烧掉。然后
划一根火柴，点燃
斜叼的"经济"牌香烟
接着，几个儿童假装的敌人
便蜂拥而上，簇拥我走向
虚拟的刑场，我回头望一眼
洗脸盆里冷却的名字
已经，死灰复燃

黎　明

黎明，像一层处女膜
日出时蹭出了血。阳光流出
我不知道是黑夜的汁，还是
白天被什么弄破。世界变得明白
而在阴影里，更能看清
时间的脉络。黑夜里的梦想
往往要在白日里实现
有人甚至，敢于去寺庙里
掩耳盗铃。太阳，很难
把人心的另一半照亮
有些人，习惯在八点半以后
戴上面具，合法地假笑
笑里藏哭、藏怒
更多时候，是
笑里藏刀

鸡鸣茶

鸡鸣寺背影里的隐喻
在锈蚀的禅钟里不能自拔

坐在功德箱旁边念念有词的
老僧，想必忘了当一天和尚
撞一天钟的古训。院墙外
永定山上的茶树，在清明前
一律改为姓唐。草木人间
三生有幸

在白鹤井淹死的，岂止
秦时明月。汉昌河注入前河的
也不尽是怨妇泪。那块从前世
站到今生的石头，也被刷上了
二胎政策利在千秋的喜色标语
沉睡在历史页码里的茶马古道
偶尔，也会在中渡口的月影里
醒来

我觉得鸡鸣茶，理所当然
要与一个女子有关，甚至有染
不然就配不上贡茶这个爵位
也用不着摊晾。脱毫。揉捻。提香
这些阴柔的工序。所幸，并坐在
石梯上那个秀色可餐的女子，酒后
依然保持着杀青前的活色

天花板

我终于平躺下来。躺在
内科一病区七楼24床
像躺在一场儿时的雪仗上

天花板上，一群羊和我对峙
牧羊人，是我的父亲。我的影子
从天花板上坠落下来，回到我的身体
父亲没有发现，他赶着羊群走了
天空又下起了雪

一条河，蜿蜒

从天花板上流过。母亲
溯流而上，她似乎在寻找什么
可能是那头羊的影子
天空黯淡，她也没有发现我

天花板里波诡云谲
三根血管，在推演着相生
相克。我体内的困兽，低吼
它经不住草原的诱惑。尤其
是那只母兽仰卧的姿势

北　屏

而我在北屏找到了北
赴死的北！殉情的尸身并肩
站成四万八千岁的枯松。北屏

为一段野史殉情，为老县志的疏漏
殉情。为蜀道的悲鸟殉情
为这一次邂逅，殉情

裸露的草原都是母体
所有的乳房都是饱胀着的
神田的神，天知地知，还有
我知！而我怎能不让你知啊

这里是我的领地。每一次置身
草地上的野花都换一种颜色的衣裙
我不屑一顾，是因为
我知道你终将到来

现在，我们可以死了
我已把遗言写进万里悲风
你不必再补充什么，抱着我
让我们相拥，站在指南针的
背面！站成最北的
北屏

张静 的诗

ZHANG JING

我的心很小

武当山下
这十平米的黑夜
和一首夏季唱着的冬雨
就是我富裕的祖国

那些喧闹，初夏的热燥
一扇门统统关在外
从门到窗的距离就是我的领土

在这小小的世界里
我枯坐、冥想、阅读
思维飞翔或停驻
看夜色起落、回复
窗外，月光将夜切割
小虫摸黑吟唱

我的心很小
小到十平米
小到一粒粉尘的
辽阔

那块地

不过是块菜园

春季，厚厚的土地上埋着菜芽
白菜、茄子、西红柿、辣椒的
夏，则是这些小苗生长旺盛的时节
秋季红的红，紫的紫，收割的收割
很快冬季的白菜、萝卜、芫荽、蒜
跟上来
这块地从来没有闲置过
即使，偶尔空几日
立即被草占据

这块地
就这样耗尽她的一生

母 亲

女人的山水都已散去
挺立的风景早已塌陷

她穿了一件花色衬衣
又换上大红色
今年69岁的母亲
用探求的目光征询我

我没有说好看和不好看
对于曾长辫子身高165厘米
而今一头花白短发的母亲
我找不到一个词
将母亲余生扮靓

只 有

只有知了寂静整个山洼
只有几只蜜蜂绕着房梁唱着旧曲
只有阳光掌管这些山坡、凹地
只有一栋房屋坐落在山洼
安排一些野草看护院落
只有桃树、橘树、枇杷树作为村民

或是庄主将整个山地守卫
只有两个人，几句寥落的话

没有风来放牧，汉江的蓝
在抬眼之际
还有的，一定是我内心
向往到达的

让风吹吹

这破的旧的
以往的沉疴
和这个巨大的香樟一起
让风吹吹
这正午的阳光恰到好处
从北面又从南面抛洒下来

整个房间搬出来
被褥、床单、枕头
这四层楼里的潮湿
黑暗部分笼罩的
阴影的巨大
也都搬出来

这混沌的世间需要一场风
和风的清算风的梳理

连同我
从里到外，走远的青春
体内冷却的色泽
必须身负的无奈
都被放置五月的风里

夏　日

相对于其他季节
夏，准备了更多的热

即使日暮
夏，依然炽烈
它似乎要炙烤或
熔化些什么

大地上那些坚硬的物质
柏油路、石头心
钢筋水泥铸就的坚硬
铁的质地
此刻，都是热的

田野麦地里一片金黄
油菜籽饱满欲裂
一轮夏日让大地成熟
使天空呈现出它应有的高度

应　许

应许你的手臂从十堰绕到武汉
应许他们将午时的这段时光抱紧

应许那些痛从内痛到外
应许你的目光含满痛

应许尘世淘洗四十几个春秋的心情
再次落座
应许岁月沉淀后的期许
应许你不说话时的成熟和稳健

应许那个饭馆的小和它的粗鄙
应许世间还有两个人
在同样的时刻患上心绞痛

祈　求

该开的花开到此
还没来得及打苞的就不要了
这条挡住七十骨龄的小河
不要再涨了，在他们没有跨过来之前

白雪的发上，尚存的黑就不要变了
那颗松动的牙齿不要再晃了
至此，让时光停在三月
停在这双七十岁的老人面前
鸟鸣停在尚完好的左耳旁
青草发在较清晰的右眼边

岁月，停在我，一呼唤
父母双亲都能答应上

我想留住这截春

红梅的色泽，腊梅的味道
我想留住这截春，留住春的笑
家人相聚的温暖，留住远方归来的疲惫
双手紧握的相聚，留住母亲眼角的笑和泪
留住潜在体内的小兽，留住此时，
留住一年来的痛和累
孩子的眼睛，留住爱的神情
留住生活的手在我身上拂过的痕迹

白玉兰

几株白玉兰白在屋后
它的美高过房屋
春风里，正同整个世界热烈交谈

对于春天的这次绽放
它们倾尽所有
每一枝花都掏空了自己
向天空，向时光，向旷野
将自己擦亮

可，当花瓣一瓣一瓣
落下，砸向大地
大地微微颤抖
整个春天都在喊痛

桃花烙

是桃花引爆三月
还是三月在桃花里燃烧

春风里孕育生出
你使孤独呈现红色、粉色
你将火在寂寞的眼里点燃

有桃花梦在山顶、凹地乱飞
更有一大片隐在屋后
引得那些欢喜的眼

从这山绕过那弯
从房前穿过屋后

你手指的长江分外浩荡

汉江与长江在你手指的方向
恰到好处地交汇
江上的弯月出奇的亮
它的涛声，暗涌而来

我想，自己就是那滴水
尾随汉江婉转而来
只想，涌入你的水流

你执意送别的地铁站口春意萌动
回望时，冬日的寒气里
你面含春风

徐立峰 的诗
XU LI FENG

在寂寞中

傍晚时分,暝色偏紫,
他呆坐厅堂掐着手指数日子。
门前的马路边有树,有狗叫,
他猛然撞进回忆的那颗头颅,
在二胡声里
也只能抵达寂静或旧时欢乐的一半。
这个时候有太多的事物
悬而未决,让他费尽了猜疑。

时间突然就来到了夜半,
哐当,哐当——
最后一班公交驶过时他站起身来。
窗外群星闪烁,屋顶拥挤,
屋顶下面,尘世的爱情,
正从男女们颤动的肉体上寻找着记忆力。

唉,谁来拉他一把呢,
一个人,跟在一群星光和喘息后头
又能弄明白什么?我想,
今夜他是很难做到完整如初了。

在布局里

灯光,星光,
印刷物,秋气,怀疑和隐喻,
养活了我身体的另一半。
而你是看不到它的。
好比现在,窗前我的一半别腿坐着。
另一半,独自远游去了,
不在任何地方,
并且秘密分泌着,孤独。

面对这种布局,我没什么要说的。
灯光将一直亮到很晚,
在我周围,
墙壁是墙壁,镜子是镜子。
虫叫还是虫叫。

碧蓝色更接近本质

此刻无锡的天空辽远,
碧蓝色,更接近忧伤的本质。
结构中你安排的一切,
多像幅折磨人的画卷:
右上角,峰峦高于城镇,孤直,
寂寞,又缓慢;
秋水洗着石头,在左下角,
那儿的藤萝和松柏,不分
昼夜地生长、凋零,仿佛不懂停歇;
中间部分,一个男人在路上走,
阳光,照着他身子的一半。
阳光只照见他的正面却照不到他的
内心。在每个路口和
区分它们的尘埃之间,
低头顶着阳光和大片的碧蓝,
一个男人迈开大步在路上走,
仿佛不懂转弯。与此
同时,正午正从我的杯中撤走。
窗前我能感觉到这些景物
间的联系,可是,
要准确说出一种理解,真难啊!

雪后的梁溪河沿岸银白而
微蓝。万千物类都
停住了战栗，入冻。
这样一个公正的早晨值得信赖。

我站定，试图与自己沟通。
但此间固有的清静裹着我，
让生命中各个阶段的冬天同时显现，
又被这里的独木桥、树枝、
石阶、阳光、鸟鸣和冰面下
闲游的红背鲤鱼们，所瓜分。

远处一定还有什么在靠过来，
我长时间凝视而不需要答案。
在这里，无锡腊月末的一角，
我并不孤单，我在它们中间。

戊子年·立春

三十六年故土，我能够放弃的修辞，
一年，比一年多了。她们唱：
"胭脂落，自是人生长恨水长东。"
唉，抬眼看去，丁亥的积雪未化，我难免
要再一次提及沦陷，和五步之内这一场
不可终结的宿醉。

又逢立春。窗外木叶苍绿，远山的寺庙
还蹲在远山。暮鼓连着响了七下，
河水、痴望、钢索桥，无声抖动。
这就说明循环依旧。我们，被物和虚无
反复确认的身份依旧。
她们唱："明月如钩，最是寂寞岸边客。"

唉！三十六年沦落身，我难免要再一次
说到沉湎、警觉。梁溪河水慢慢地流。
说到影子、钟声、
青祁路。春风在春风的怀抱里。

雨落进 6 月 7 日

下雨天。窗外景物仿佛事先
被安排在那儿：没惊讶，没新鲜感；
阴郁，如遗传在身的家族病。
一场雨落下，像一本书摊开，
就有人在第十八页的清晨从孤独中
认识了自己。还是他，居然
在四十一页顺着那截碧绿的斜坡爱上了
一座金顶寺庙的雕塑美、衰败感。
雨声低沉，恰似儿时玩伴打来的
电话，左一句右一句说着
已逝的事和眼前事。又像体内死掉的那部分
突然回来，耐心敲打玻璃。莫非，
时间的控制力还远远控制得不够？
下雨天，遁入景物的脸会在磨损中
被加速度捉住。这时谁回望
谁将受惑：晴空下那群无忧无虑的少年，
谁曾经是我？反过来：少年
已成中年，窗前只有灰尘灰色的手艺。
喏，看看吧，过程无非是这样，
每场雨的结构，也一样。所以，
雨点的速度对你来说，往往既快又慢，
往往既像笔遗产，又像一堆废品。

水流进流出

水，流经塑料水管流进一栋栋建筑，
你不知道源头。
每年四月，树木因挨过了寒冬，
而生出更多枝叶更多的绿荫却让人惆怅，
你找不到原因。钟声在
远处，传送怎样的空茫和谶语？
关于黑夜赋予人类的漫长感，
为何，总在早晨增强第一句鸟声
带来的清脆？有时，
从几个方向吹来的风，会带着
同样的温度、速度、力度和湿度，
你怎么看？所有之前发生的事是在
另外的时间，

还是在这个瞬间里？你说说吧。
现在你把手伸出，
握紧。你抓到了什么？告诉我！
现在请你把目光从窗前移开从书本
挪开，甚至躲开一切可见
不可见的事物。世界和你，
和我，这世界和我们间的神秘因无法抵消
而显得多余。你是否同意？

过　程

这一次我从镜中看到过程。
敏捷少年走了，热夏
走了。剩下的那只老虎看上去很瘦。

在商品经济，铝窗，
不眠与肾上腺组成的浮世绘里，
它被磨光金黄的野性，它瘦了。

如今它单一的食谱镶嵌在镜中，
眉目清淡，一览无余，
在提前到来的遗忘中接受窗外景物
安静而凌厉的擦抹。

通常这样

通常这样：堂前坐着，
幽静，
与我相峙。

因为这副镣铐，因为往事，
镜子反面

被拧紧的六角螺帽，
垂直滴下铁锈的气息。

下午，邮递员没来，
孤独来了。
孤独时我从镜中摸出一张
又一张生动的脸。

鼻子眉毛，不同往年。

车来人往

车来人往……
街道，笔直地进入他们的生活。
一幕幕眼神在一个个瞬间里，闪烁。
数十年间他们缺乏新意，
执拗地，挂在我视觉上。
我保持镇定，靠窗坐着，
像极了远处，被青草围困的碑石。
风一吹，窗帘、树荫、宁静，
真就像青草那样晃个不停，把我围住。
唉，我甚至找不到一个词
把看到的，连起来。
那边卡车开远，人群松动；
这边，来自这个中午的歉意显然要比
压在我左颊的阳光燥热许多。
阳光也压向他们，缺乏新意，
但制造出影子。
为配合时间地点、光影和某种流逝感，
我欠了欠身子，表示活着。
与此同时，街道
终于来到我凝视的窗口，停住。

郭辉 的诗　　　　　　　　　GUO HUI

花苞苞

她从最暗最潮湿的地方走来
她还来不及把小翅膀打开
有点儿紫，有点儿淡，还没学会说话
但她是多么喜欢这光秃秃的人间

她要在这里邂逅绿宝石一样的鸟叫
要把温暖的芬芳，快递给所有的石头
要为空间着色，像佳人甩出水袖
她还要长大，给自己生一个甜蜜的孩子

可现在呀，她尚小，还只是春天的一粒痣
所幸，正好长在眉心

苦枣树

骨架多么端庄。除此之外
它还有多余的手臂，摊开条状的时光并且牢牢
　抓紧
春三月，叫嫩芽列队，让东风尝鲜

还有看不见的胃
吃风吃雨，吃循序渐进的一个个日子
开自己的花，怀自己的孕，生出有皮有核的孩
　子，酸而苦
好像是把零碎的时间，绞在了真实里
又像是把记忆酿出了药味

还有高人一筹的思想
当色枯黄，叶落尽
就情不自禁，袒露必然的结果

用满满一树缤纷的眼球，俯瞰大地，望尽尘寰

野地瓜

不认命，只认活！
天性之中，有一生的利器
严寒时心火旺，干旱处活水生
即使置身于贫瘠的石缝间
也有触丝如弦，弹拨小清音，大意境

常绿着，绿如深荫
常香着，香如千千结
总是让心事，贴着土地的软肋
顺势蔓延，搔住季节之痒
多么充盈多么繁茂呵
就像铜号中，一管清冽的碧色

也生儿，也育女
拳头大的果，仿佛在打坐
又仿佛看透了生与死的禅机
总是无言无语，却默想——
摘取者，你在何处下手
我就在何处，成自己的佛

红胸脯的鸟

红胸脯的鸟，仿佛都怀了
一肚子的爱情
她们在季雨林中嬉闹
一忽儿低于苀苀草，一忽儿
掠过了那些自视甚高的树冠
分明就是，被春天翠绿的七音弦
弹拨出的活音符

她们的翅膀却是黑灰色的
像红炉上的铁
像在炭火中加钢的利器
一张开,就如同高强度的抛物线
正为湛蓝的天宇,铸造
不生锈的光芒

猫耳刺

小溪再小
也是有远方的
它没有
它甘于坚守

一片叶子上四角有刺
满满一树
则是
无数御敌的利剑与雄心

山水越来越旧了,瘦了
能走的腿脚都走了
惟有它
寸步不移

守着水边边
不能远行的杨柳岸
山谷里
滴血的杜宇之声

有耳通灵,有刺钩魂
钩住血脉深处
那一点
无法赴死的乡愁……

桃花庵

这里的桃花是隐秘的
是春天身上看不见的胎记
微微的粉,微微的红,滑如丝绸的水色
仿佛是在告白人间
除了骨子里的爱,我早就一无所有
天底下有数不胜数的桃树

而你,是最持久的一棵
挑着最美的花骨朵
人所不见,却在如水的时光中
成为暗香浮动的经典

石拱桥

面对水,石头也会结伴
也会弯曲下身子,仿佛是在为他人的命运
作揖,拱手,寻求上苍庇佑
如果细听,那一颗坚硬的心
分明在喘息,朝着只属于溪流的远方
默念金刚经,说着只有左岸右岸
听得懂的方言,只有风,能带得走的祈福
背负起青天,背负尘世那些来去匆匆的脚步
时时自己提醒自己
凡走了过去的
都是天下或大或小的使命
它收紧骨头,收紧血气和脉息,从来不声不响
像套轭背犁的牛,听命于耕作
像真命天子,臣服于苍生

宿 命

水往低处流。水是最低的
但水的下面,是泥土

泥土是水的骨架
是水的座位,水的床,水的如来佛掌

水有最大的雄心或野心
冲撞,打骂,决绝,仍逃不脱泥土之缚

哪怕化成气体,变成云,飞到天空
最终,还是要流落在泥土上

篾刀辞

内质坚硬,取攻势
力度总是向下,朝着软肋,摧肝裂胆
铁性练就的骨气,豪气,霸气

从不说多余的话,就是
一个字,杀!
杀不见血,杀犹酣,杀无赦
把一竿竿圆,破开,捅穿,瓦解
剖成块,剖成条,剖成片,甚至剖成丝
把那些宁折不弯
折腾得细细软软,柔若无骨
是刀,无鞘,却有魂有魄——
举起来,是一个惊叹
掷在地,是一声惊叹

弹 花

一根牛筋弦子
把发黄的旧生活,驱散,扩大
变得蓬松,变得白
更接近
普通人家的气色

木槌在弦上走,跑,腾跃
弹拨着
老祖宗遗留的简谱
翻唱旧时词
哼出安生调
气韵饱满,仿佛这才是
人间不老的演艺台

那么多曾经开过的花
凋谢了,又绽放
一床床板结的暖,睡过头了
又抖开身姿,吐掉霉味
许多瑞雪落
许多白云飘
许多洁净的往事
——袒露出新鲜的光泽

弹花者,白发人
在民间的深处,行走,忙活
日复一日
盘弓,不射雕,不射月
只翻新光阴
让棉的本质,返老还童

黑色的死亡

在树荫下席地而坐
读唐人的绝句
有清风自在来,白云自在去
浑然不知,一头蚂蚁
是如何踽踽独行,如何抄了捷径
走到了我的项下
仿佛是去寻访,我脉息中
平平仄仄的趣味
又仿佛是要去偷袭,我脑子里那些
古色古香的诗意山水
忽然起了微痒
我随手一抹,多么残忍呵
掌心之间,竟豁然摊着
一小朵黑色的死亡

谢克强 的诗
XIE KE QIANG

过老山界

他是这支跋涉队伍中的一个
也是走在队伍前头的一个
瞧他　满脸胡子拉碴
背着行装与枪
正用深不见底的眼眶　眺望
暮色苍茫中的路

攀爬的路　已找不到词
来修饰它的曲折艰险
风　只有从山洞吹来的风
擦拭着枪口黝黑的疲倦
但他依然俯首向前　贴向山崖
聆听远山的呼唤

老山界知道
和山路一样崎岖的不仅仅是目光
还有钻进草鞋里的粒粒沙子
和饥肠辘辘的胃　以及
贴在背上的　除了行装和枪
还有湿答答的汗衣

才穿过荆棘丛生的山坡
又走进赭石色的小径
他还不时用沙哑的喉咙
轻轻哼起老家兴国的山歌
将沉重而稳健的脚步
迈向前去

突然　他不巧跌倒了
路旁的小草霎时怔了一下
即刻学着他爬起来的样子
挺直了腰杆

担架上的政治

因一场可恶的疟疾
他不得不躺在担架上
与另一个躺在担架上的人
缓慢且沉滞　行走在一支
缓慢沉滞的队伍里

逃过湘江一劫
那从血里拔出的脚该向何处
他不想听夕阳西下的哀歌
即向另一个躺在担架上的人
提出困惑与疑虑
然后将缜密而深刻的思考
细细说给他听

我们病了　不能自己走路
不得不躺在担架上行军
可我们这支不知去向的队伍
得走自己的路　不能再听
不懂中国的洋人指挥

不提久远的往事
只关心这次艰难的远征
他毫不掩饰自己的主张
几番交流　几番论争
两个躺在担架上的病人
在来回的交流论争中　探求
给受挫的中国革命治病

两架行在军中的担架
缓缓　向遵义走近

手擎火把的人

他知道
又一支红军队伍要经过这里
他很穷　没什么献给红军
但还有一点力气
他要用砍来的松树枝子
扎几支火把

迎着扑面而来的风雪
隐隐约约看见队伍走来
他就站在漆黑漆黑的夜里
站在村口通向远方的小路旁
高擎着火把

他知道漆黑漆黑夜的黑
知道夜的黑对于夜行人意味什么
也知道红军为什么要夜里行军
那年　为逃避白匪抓壮丁
他也是在一个风雪夜里
悄悄逃走

如今　脚下是难以辨认的路
再前面　是风雪与黑暗交织的路障
他的火把也许不那么明亮
但毕竟是风雪夜里惟一的火光
擎着火把　他走在队伍前头

直到目送红军走向黎明
他才停步　站在路旁远望

在阵地前沿

刺刀　散发着鲜红的腥热
热得阵地前沿的勇士们
喉咙直冒烟

刺刀知道
扼守制高点的全部缘由
只要这山头的制高点
保持一种陡峭的威严

才能让乌云低头

又一群一群子弹
如一团一团乌云涌来
山谷硝烟弥漫的回音壁
除了录下纷乱的影子
便是惊天动地的厮杀声

这时　从阵地侧面的山路
悄悄爬来几个炊事兵
除了怀里抱着竹筒、瓦罐
还有一位像有点文艺范
臂下还夹着一只唢呐

当激昂的唢呐声从阵地飘过
犹如一股清亮的泉水
流进勇士们干渴的喉咙

十七勇士与一条河流

从深邃的峡谷中奔来
又从穿空的乱石中奔去
这曾令石达开仰向苍天长叹
又至死也不瞑目的
大渡河呵

此刻　追着那场悲剧的来路
一支脚穿草鞋的队伍
也来到了大渡河岸
让历史的悲剧再一次重演
除了对岸乌黑黑的枪口
连拍岸的惊涛　也一声声
发出恶狠狠的叫嚣

突然　在赵章成猛烈的炮火里
大渡河水霎时惊呆了
只见十七颗闪闪的红星
在冲破黎明黑暗的小船上
照亮激流深处的路

那跳在浪尖上的小船
在冲锋号急促的旋律里
犹如一支离弦的箭

不仅轰然击溃漩涡与急流
也击碎对岸枪口轻佻的预言
胜利抵达彼岸

五月　彼岸桃子湾的桃子熟了
笑盈盈　迎接远来的勇士

皎平渡口

除了旗帜与枪之外
最是那船与桨也知道　他们
为什么要到对岸去

离岸时　小船晃了一下
一船人都稳稳坐了下来
两个船工　把舵划桨
只有枪上的刺刀扬起耳朵
听从河谷赶来的风
送来亲昵的问候

幸好金沙江流到这里
缓缓　流成一个渡口
作了一道关启川滇的门户
由此　皎平渡
见证过过往贩运的川盐
也听过罂粟花开的声音

而今　与这一切无关
经过腥风血雨洗礼的红星
依然想以更耀眼的光芒
照亮阴云密布的中国
只好选择敌人的薄弱处突围
这是没有选择的选择

现在　船到江心了
在憧憬的粼粼波光中
守防的川军早已闻风而逃

而岸　正扬起结实的手臂
准备拥抱远来的不屈的草鞋
踏上新的征途

山　道

一盘盘山道，一盘比一盘高
以曲折蜿蜒之姿态　一直
蜿蜒曲折到云深处
一双双不屈的草鞋　走在
一盘一盘山道上

叩在道上的脚步
震得道旁的树叶纷纷飘落
而留在道上陡峭的脚印
将什么是生命与信仰
以及二万五千里征程的悲壮
娓娓道来

（昨日行走的誓言
让皑皑雪山开满映山红
而身体里与马一起嘶鸣的血
使一座座让人仰望的山
被他们踩在脚下）

这会儿　翻过一段陡坡
风中的红旗　仄仄平平
狂草成最美的意象
那位走在旗下的汉子
风吹着他的长发　平平仄仄
像旗一样漫卷

当他登上六盘山顶
回首一望　骤然来了诗兴
那一盘盘蜿蜒的山道
不就是握在我们掌心的长缨么
何时缚住苍龙呵

新发现
NEW FINDINGS

SUN NIAN

孙念

　　本名孙利杰，1990年代生，山东临沂人。就读于山东师范大学汉语言文学专业。山东省作家协会会员。作品散见于《中国诗歌》、《山东文学》、《时代文学》、《延河》等。著有诗集《续札柒》、《坐在树上的叶子》。获山东作协青春文学奖、第九届齐文化中华诗歌奖、武汉樱花诗歌奖等奖项。

陌生人

〔组诗〕
SUN NIAN | 孙念

登兰州白塔山
——兼致如龙

摇晃的雨，在一夜之间穿过了黄河
河水隐于沉默，除了让天气凉爽
谁又能听见更多的声息

那就爬山吧，在石梯沉于空气
肉体沉于生活的路上，泥土仍然
散发着芳香，这慷慨的芳香

一直弥漫到半山腰上的寺院内
才被花草裹得更紧了
而燃烧的香火，已无路可逃

只是旁边涌出清澈的溪水
给每个陌生的面庞一种向善的可能性
而这常常与信仰无关

不知不觉就到了山顶
白塔山低垂的树木，还是让落日
掐断了一截，剩下的早已失火

我们就在山顶用不同的姿势
区分庸俗，忧郁的，羞赧的风景
直到相机耗干了电池

我们才返回自己的体内
把影子放低一些，把离白塔山
最近的异乡再爱一些

荒与芜

三月，从大荒开始寻找最初的模样
这里是黄河口，这该是多么清醒的事情
若醒来了，你就不会在迟疑的目光里
只打捞这一季的春天了

你是看到了自己的渺小呵
才会躲着北方的气候，在异乡多了一份
归属感，让体内的太阳忽闪忽亮
直到温暖的部分再次辜负了自己
你才悄悄地换上了另一副面容

而我们早已默认了彼此的慷慨啊
盐碱滩上的苇草自顾自地缠绕，飘荡
相互依偎在一起的时候
仿佛我们年轻时嬉戏的自己

还好迟来的春天遮挡了你的眼睛
才不让我的孤寂陪你太久
以至于忧郁或者烦躁都只是摆设
而广袤的土地终于松开了生命的口子
成长中的土壤一无所有

那么把掩埋好的欲望拿出来一些吧
把春风吹又生的光阴揉碎一些吧
并以此来爱我，爱着大河与大海的突兀
就像爱着每一天你所理解的虚无

月 亮

夜幕落下
一排排树木凹陷在原野上
模糊的地平线,只留下了月亮
这无边际的暖
多像岁月襁褓中收留下的弃儿

是谁在树林中赶走了绿
沟壑上的荒凉,才会升起了风
留下匆匆的脚步
带着年轻的躁动

让身体依偎着玉米秸或者豆角秆
沉沉地睡去
而我分明看清楚了这些孤独
而隐忍的脸面,在月光下日渐老去

我们谈论起树

我们谈论起树,显然就犹豫起来
犹豫着向身体内塞满无法言喻的孤独
你说,孤独很美,一片落叶抖掉的

也许就是生命的部分,而我常常
穿梭在树林之中,也没碰到
你所说的那一场误会

而现在多么遗憾,关于树的一切
都被绿荫包裹住了。黑夜更黑
惟一能摸清楚的土壤只剩下虚空了

我们就在月光下擦洗突兀的身影
让更多的树木枝繁叶茂
而日渐消瘦的脸上,已经绿了大片

遮蔽越深了,那些身处游离的年代
就越疯长出青草,长满欲望
狡猾的绿呵,这是否是最后一场黎明

这是属于希望的春天

在春天,我学着偷偷躲在平原上
手掌里会攥出一小撮的露珠
看见阳光就会害怕
会矮过一垛干瘪的玉米秆
甚至矮过我童年的一行行影子

知道这是属于希望的春天
是在一个阳光热辣的午后
那时,父亲的锄头刚除过地里的二亩杂草
黝黑的手掌里滚落着一颗颗露珠
多像地里熟悉的种子
有着鼓鼓的肚子,眼里饱含着光明

陌生人

作为陌生的我遇见了陌生的你
从此我们就走上了一条关于陌生的道路
陌生多好啊,我们可以痛快地哭
放肆地笑,偏执地疯狂
任性的表情、眼神、语气完完整整
这一切收纳在肉体上,透彻,干净呵
我们之间惺惺相惜吗?不是
因陌生而熟悉?也不是
或许习惯了陌生吧
这并不需要谁的理由来阐释陌生
去你的陌生化意义
一个陌生人行走在世间是多么庆幸呀
顺着来时路不用胆颤心惊
去时也无半点罪过

我仅仅是这寂静的开始

这是鲁南平原上最寂静的一天了
我在太阳的遮遮掩掩下跑进了田野里
过了立夏的麦子郁郁葱葱
颜色一层一层加重了我的羞愧
我看到此起彼伏的麦浪形成的节奏感
高音、中音、低音交错进行

多少次去尝试着分辨清楚
但一次次都败兴而归
而在制造了无数次紧张的事故后
我选择继续走近它的无声区
期望能够跟上大自然的旋律
可是一不小心落入了寂静的美
而我仅仅是这寂静的开始

四月过泰安

日光西斜，留下山峦的背影丢给了大地
隐秘的星星点缀着河水
还有肆无忌惮的风只吹一面
另一面留给明天

明天就将属于这个异常黑暗的夜晚
奔驰的火车在荒草的依偎下
发出了更脆的叫声
仿佛在夜里疼的人就在眼前

异域人的归途早已失去了安全感
夜里的孤独也只不过是孤独的一半
在这逼仄的车厢里，一颗潮湿的心
重复着阴郁的弧度

越来越近了，也越来越远了
在我们默契地接受这片土地的时候
夜里的寂静剩下了多少
多少能被我们如此轻易地浪费掉

而这刚刚经历的
仿佛是鲁南平原上最动荡的一晚

坐在树上的叶子

长长满满的树上
有人落下脚步后
——常常较真

叶子大片低垂着
像眉毛的样子
层层铺着情愫，不俊

急了五月，土壤淤塞欢歌
坐散的影子
找寻着互相喂养

还有鸟儿，交出嘴唇
对待寂寞的食物
每次都羞涩，隐忍

好吧，坐在树上的叶子
绿色裹如外衣
眼睛闪闪无欲

越来越接近现实了

这么久了，还是习惯沿小路走下去
越走越紧的路途
被我用消瘦的身体一直包容住
寂静的路上啊，风都禁不住喉咙
为什么已经臃肿的身体还要禁住欲望

道路两侧的夜晚，分明在小心翼翼地
分娩着躁动与喧嚣
满是泥水的裤筒，不自觉地瑟瑟发抖
被月光越收越紧的茇茇草
也越发坚硬

如果熟悉的皱纹能够收纳
每一份雨水，那么村子里的倒影
一定是我摸开的孤独
从外面走回家的过程，二十多年了
我知道越来越接近现实了

女性诗人
POETESS

申艳 SHEN YAN

1970年代生,河南周口人。中国作家协会会员。2004年开始在《诗刊》、《星星》、《诗选刊》、《中国诗歌》等发表诗作。多次在全国征文大赛中获奖。参加第25届青春诗会。

申艳

那时
·组诗·

那 时

1

我们背靠背，臂膀挽着臂膀
你是脸庞黑红的男孩子
吃力地拱起背
把我扛向夜空：天上是啥？
我兴奋中夹着一点点惊慌：星星
地下是啥？冰冰
冰与星，我们的眼睛
一起闪烁。天和地，好大

2

毽子、沙包、石子、橡皮筋
小伙伴在游戏，看不见的神在游戏
我们没有玩具
却有好多的愿望
快乐不受挤压
一加一，不必理会神的参与
衣襟上发亮的饭渍，可以代表
满足和喜悦。你和我
凭着一片碎瓦，一遍又一遍
跳过我们所有的房子

3

小船停泊，我们的影子摇呀摇
河里是啥？蚂虾
一把抓几个？一把抓十仨
被蹚浑的水，转眼又看见小虾成群
不需要珍惜清澈
沙河多么宽阔，我们多么富有
水草、螺蛳，绕着脚踝游弋的小鱼
连同我们袖口上的鼻涕
和摔你一个仰八叉

麦收前的寂静

无风，无云。午后的村庄假寐
大地沉入麦收前的寂静

炊烟没有迟到之说
适时成为村庄均匀的呼吸
喜鹊衔起其中一缕
扇了几下翅膀就到了半空
谁的天堂如此的近

我的心跳突兀
仍不及几只蜜蜂的嗡嗡声
如果被它们蜇疼
我会产出蜜来
它们却绕开我飞走了

我的羞愧滴滴答答地
落在田埂上
麦粒大小的一点点红，一点点紫
在绽开
并不是意外的响动

雨后

东方渐白。隐隐闪现的几颗星星
是昨夜那场暴雨
余下的

我站在泥泞里，仰望晨星
它们滴在我脸上
晶莹，温润

其实，我也想哭个电闪雷鸣
不惜用疼痛撞击疼痛
我也想哭个噼里啪啦，哗哗流泻
重要的是，哭过之后
可以新生一片蔚蓝
没有半点阴霾

角　度

你说，用摄影师的眼光看
一枝桃花比一片桃林
更代表春意。低下头
思索的片刻，我的目光落在
几朵无名小花上

你说，天使乘雪花飞来
一片羽毛就是一颗宽容的心
我的目光烘干冬天所有的暗夜
穿长裙的女孩弹拨着旭光
背部瑟瑟生风

你说，写作就是让世界清醒
让一滴泪有着大海一样的深度
而我习惯了在黎明或者黄昏
用左右互搏的掌法，把灵魂
逼回自己的体内

两团火焰捧出的清晨

等待日出的我，被另一团火焰吸引
路的西边，一个裸着臂膀的女人在打铁
一张摆着镰刀和铁链的门板后面
石棉瓦搭起的棚子里，一个女人
抡着大锤，汗衫紧贴在身上
串串汗珠从和我同样的发梢滴落

她身旁摇篮里的孩子醒来，却不啼哭
看来在母腹已习惯了铁的撞击
她放下所有的坚硬，跑过去奶孩子
被汗水泡透的胸脯那么白嫩

孩子笑了，她也笑了
笑声之外，世界陷入寂静
所有男人在我的想象里冻僵。这一刻

东边，旭日升腾
西边，炉火燃烧

两团火焰共同捧出这个清晨

初冬的白菊

薄冰，裹住抖瑟
坚忍、崇高的夸赞
封住沉吟。你，不能喊疼

我更爱你的芬芳、娇艳
真实的柔弱和重阳时节的风姿

失意的人继续用你的
残香，支撑高贵或者廉价的抒情
无法颠覆被赋予的气节以及
别的寄托，我却可以陪着你
一株初冬的白菊
在寒风中喊：冷——！

槐尺蠖

1

尺蠖蠕动，在村口的
百年老槐上，在叶片残留的淡香里
从有病的枝条转移
另一枝条也开始轻微的呻吟

叶片稀疏
筛落的光点飘忽不定
倒置了尺蠖的梦幻花园
偶有小雀一声轻啼
仿佛神的旨意，老槐也在战栗

2

新的挣扎，垂在
吐出的一根丝线上
让一个下午不安，让行人不安
更多的是
在不定向的风中悬着

自己的
命

3

农人出入自己的村庄
我站在村庄之外，看槐树
枝条上细微的变化
看几只尺蠖垂吊在
它们的槐树上

嫂　子

与阿维菌素、霜霉威、井冈霉素……
相处近二十年。三十多岁时
一袋化肥你尚能轻松撂在肩上
十年后的如今，你就只能清点货架上的
瓶瓶罐罐。病虫害变异
瑞泽、史丹利、鲁西……
乱了你的经期和肌肤纹理

一百二十平方的灰瓦房
商品占去整头，零头归你
进货、销售、休息、吃喝
同一间房里
偶尔哼几句越调，或者流行歌曲

口罩、手套并不是奢侈品
你说：习惯了，用不着
我为自己在这时想起
"久居兰室不闻其香"而羞愧

眼下是麦季，你四十九岁半
再过半年可以拿退休工资了
这话题让你黑黑的脸颊浮出红云

又送走一位顾客
你没洗手就端起大海碗
喝水声咚咚的。粗瓷如砂
磨伤了斜射进来的夕光

一同出门，你说闻到了蛋糕房的味儿
嗅觉没有问题。蝙蝠在远处飞

路灯推了推薄暮
你微笑,深深呼吸
落日像一枚自然成熟的果子
很美,我却没敢说出喜爱

在棉田

一个个棉铃绽开,用花絮张望
天空很低,云朵如近亲
似乎风再柔和一点
就能织成接地连天的温暖

这满眼的白
棉絮里没有烈焰,云朵里没有惊雷
和它们相处
我身上杂乱的颜色
淡了一些。好想就这么白下去

此时手机短信:
明天有暴雨

棉絮仍然白得无忌
想象到明天这里的狼藉
我不知该怎样忍住,内心的水火

哥 哥

> 筛箩箩,箩箩滚,买个小猪咱俩啃。
> ——豫东童谣

哥哥,你是我惟一压倒过的西风
从那首童谣开始
从你愿意模仿摇摆的苇子开始
我的笑成为强大的风力
吹到我喜欢的任何方向
正如那头想象的小猪
我啃油的一端,你只能啃另一端
不然拿白眼翻你,让你手足无措

多少个贫穷的日子,你就这样
看着我,把快乐一口一口
啃进心里,哥哥,我记不清了

西风吹着吹着,变成了东风
雪花下着下着,变成了梨花
老柴家的小猪长大又生了小猪

我把那首童谣唱给另一个人
心甘情愿地
做最轻微的灰尘,经不起他咳嗽一下
却不曾后悔
为什么把温柔、甜美给了他
把蛮横、尖刻留给你

哥哥,你把歌谣和小巷子扔在身后
我竟不知道为什么流泪
直到今天,看见摇摆的苇子
我有了莫名的酸楚
那些远去的时日
在不经意时,发出了隐隐的光芒

如果天空出现一只鹰

收割后的平原,土黄对着苍穹的灰白
觅食的灰雀起起落落
只关心犁铧翻起的几条蚯蚓

假如正当此时,天空出现一只鹰

那天地之间的精灵
平庸的颠覆者。它用翅膀
扇动濒临死亡的风,用美丽的俯冲
瞬间打乱凝滞已久的秩序
用自由的翱翔,驮来暴雨前乌黑的乱云

是的,这里没有它可以栖居的石崖

那些低矮的屋舍和柔弱的老柳
不属于停落,它只有盘旋,用坚强的翎羽说话
同时承接雀群全部的仰望,让
一匹卸辕的马在梦中生出双翼

村庄和田野都鲜活起来

鹰背负着山的影子,用高傲的眼神
改变了一头老牛过度的谦恭

它飞临河流，水面顿时有惊恐掠过
钢铁般的喙和爪显示为一种震慑

多想让一只鹰出现在这里的天空
我折服于它的矫健。只需想象它的飞临
想象它的飞翔的姿态，就足以让所有空旷的心
凸起一座又一座巍峨的大山

那些架子车

在路灯的背后，或者
霓虹灯闪不到的楼影里
那些架子车，车身加长
能装载一千公斤以上
三三两两，并排停着
车帮上缠着粗绳

它们停在那里
停在走路的、骑车的、坐车的城里人
看得见的大路边。雨雪天
会在背风的厦檐下，或者楼洞里
等着，希望天一亮
就有人朝它们招手

一年四季的夜，架子车
停在我居住的这个城市的每一条大路边
车上，夏天一张被单
春秋冬一条被子，裹着一个人

入 仓

小麦已入仓
我，没有耕种也没有收获
却以此感谢
铺天盖地的雪，翻山越岭的绿
春雨、骄阳以及汗水
老牛、镰刀以及拖拉机

雪灾、干旱、风暴、倒伏
刻进农夫的皱纹
粗糙的手掌攥出粗糙的日子
和麦粒一样，堆满粮囤

这时候，我们就可以
把疲惫、满足、季节甚至自己
和麦仓一起
搬进另一间更大的仓房了
也好与那些喜欢黑暗的田鼠、种子
细细地，商讨一下明年

雪中村庄

天空高不过十米
一统的白色把田野延展
安静的清晨
几道炊烟，几个行人
村庄微微凸着冷寂

自行车铃声擦亮一个瞬间
一阵风吹来，车辙转眼消失
雪中的院落是城里人眼中的风景
穿明黄色上衣的孩子
从栅栏里走出，拒绝合影

人们习惯于把雪理解为温存
看不到别的畜或兽
只有几只绵羊
陪衬着雪的白

春天，是新的

阡陌纵横在记忆里
车轮携带泥土的气息，是新的
我渴望中含着的沉郁，是新的
想慢一点，想细细地品味
巴士在村口吐下了我

树影把我拾起。面带羞涩的女孩
是不是那年的我？
绿荫晃动，阳光散落，是新的

风吹走了脚印，吹走了水塘
墙头叨起太阳的公鸡，嗓音偏哑
我的惦念溢出来，也是新的

我的诗，我在它们的对面

□ 申 艳

我从未奢望成为一个诗人，也从来不敢说自己与诗歌结下了不解之缘之类的话，甚至相对于更为重要的生存问题而言，我不知道自己该不该走上这条道路。但是，自五年前开始诗歌写作至今，我却一直不能停下来。从触摸到诗歌的那一刻起，我像抓到了一根救命的稻草，从此知道在如今物质生活需求几乎成为惟一的时代，人还可以这样活着：不是乞丐，在物质生活上也许并不比这个时代的职业乞丐更富有，而即使那些富豪榜上的人物，也未必像他们那样有着强烈的精神诉求和丰富的精神世界。他们生活在一个物质贫乏而精神充裕的村庄里，靠着精神的给养使生命焕发出光彩，同时也以这光彩给予这个世界精神的补偿。——我不敢以诗人自诩，不过，也许因为性格、经历使然，在如今这样的社会环境里，写诗成了我生活的重要部分。

我的家乡是在有着悠久农耕文化传统的豫东平原，是伏羲最早教民渔猎和神农炎帝最早教民耕种的地方，也许正是因此，种地就成了世世代代豫东人的宿命。那里至今仍有85%以上的人是农民，每年仍然要为国家生产出140亿斤粮食来。在工业和高新技术产业快速发展的今天，这无疑是我的乡亲不能与同胞们在一个水平线上共享现代化的原因之一。作为一个没有工业和科技竞争力的城市里的普通居民，我有充分的条件理解什么叫生活的底层，或者说，对于那些叫作底层的生活，我不是有过体验，而是就在其中。一位作家朋友说过：在物质需求方面找不到出路的人们，才会在精神需求方面去寻找出路。当然，这里可能不包括那些物质和精神需求都不需要寻找出路的人们。我最钦佩的是那些不注重物质追求而向往自由精神的诗歌写作者——基于这样的生活背景已经对于诗歌的理解，我意识到惟有通过诗行，才能给予这卑微的个体生命以些微的补偿。同时，也基于家乡的农耕文化传统和氛围的影响，基于她特有的宽容和对于美好事物的向往，我渴望"一种心灵深处的安宁，一种和风细雨式的表达"。当站在那片平原的中央，我没有抱怨那里文化负荷的沉重，而是细细品味这片平原给予我的归属感，回望历史行程留下的深深浅浅的辙迹。当命运折断梦想的翅膀，我也没有耽于绝望的呻吟，而是看着那些飘飞的羽毛，试以它们的轻灵设想另一种飞翔。我认定诗歌不是情绪的宣泄而是灵魂的折光，所以，总是选择站在那些将要写出的诗歌的对面，而把人生的隐痛掩藏在身后，尽管掩藏这些隐痛需要付出更加疼痛的代价。我希望所面对的那些诗行让人们感受到世俗生活的美好，感受到大自然的可亲可敬，感受到那些人类共同留下的足迹的珍贵。

对于一个民族的精神塑造，诗歌肯定还有着她更为重要和深刻的使命，尤其在这个精神追求被太多人放弃的时期，诗歌当然需要直面惨淡的现实，并且立足于缝补现实的残缺。而同时我也相信，在这个时代一定有着更多的诗人能够当此重任，我敬佩他们，相信他们一定能在理想的征途上大有可为。我，一个仅仅靠诗歌获得些许生存慰藉的人，也许只能用平原赋予的平和与向善之心，说出我的卑微的所思所爱。我常想，如若有更多新诗的写作者也能站在诗行的对面，真实地呈现出自己灵魂的折光，那么，有一天中国新诗会走出诗歌的圈子而得到普通读者的认同也未可知。[Z]

中国诗选
CHINESE POEMS

娜 夜　白 玛　王单单　周碧华　熊 曼
吕贵品　叶 舟　黄 浩　李元胜　林 莉
晓 雪　王学芯

致 敬 〔组诗选二〕

娜 夜

大雾弥漫

我又开始写诗 但我不知道
为什么

你好：大雾弥漫
世界已经消失 你的痛苦有了形状

请进 请参加我突如其来的写作
请见证：灵感和高潮一样不能持久

接下来是技艺 而如今
你的人生因谁的离去少了一个重要的词

你挑选剩下的：厨房的炉火
晾衣架上的风，被悲伤修改了时间的挂钟

上世纪的手写体：……
人间被迫熄灭的
天堂的烟灰缸旁可以继续？我做梦

它有着人类子宫温暖的形状
将不辞而别的死再次孕育成生

教堂已经露出了它的尖顶
死亡使所有的痛苦都飞离了他的肉体

所有的……深怀尊严
他默然前行

一只被隐喻的蜘蛛
默默织着它的网 它在修补一场过去的大风

十九楼

一根丝瓜藤从邻居的阳台向她午后的空虚伸来
它已经攀过铁条间的隔离带

抓紧了可靠的墙壁
二十一世纪　植物们依然保持着大自然
赋予的美妙热情
而人心板结
荒漠化
厌世者也厌倦了自己
和生活教会它的……
十九楼
她俯身接住一根丝瓜藤带来黄昏时
有些哽咽：
你反对的
就是我反对的

无词之歌 〔组诗选三〕
白　玛

我想去爱一个这样的女人

她散发清晨割草机经过之后留下的青草气味
眼里藏着午夜海面上一小片月亮
她引领一只豹子去河边畅饮
让一头豪猪的礼拜天有了安全感
我沉迷于在沙地上画一座城堡送给她
你们瞧：爱情从未离开我
她不必征战就已经统治一个内心紊乱的国度

复　活

我确信一段苦涩的爱情能借一口井复活
一棵树能依靠整夜不间断的祈祷词复活
一匹良马能打着响鼻在纸上复活
眼熟的一道闪电从乡下来到城市的天空复活
因为大地上依然有太多的美、太多的秘密
诗人和女祭司同时选择了我，她们得以复活

无词之歌

爱你甚深，我只能唱首无词歌
好像潮水向大海唱出昼夜不停的依恋之歌

好像时光对我的催促之歌
我一个人在路上
偶尔唱到这首歌中的哽咽部分
或者阔别重逢的停顿时
当晚星如泪珠坠落青草地，四野沉静
我又想起你啊
这歌胜过大地上所有语言、所有的诗

以上原载《人民文学》2016年第8期

时光洗着白发 〔组诗选一〕
王单单

青　江

1

大江东去
放下泥沙，怒涛与漩涡
江水清澈
照见星光、明月与魂魄
是啊，朝北的路上
我也学着腾空自己
拿掉心中的执念与觊觎
挪出的位置
用来摆放香案与烛台

2

以空对空，以水接水
青江有了通向彼岸的桥
或者回头是岸的路
站在浮桥上，身体晃动
朝前或是后退
这真是一个问题。忍一时
风平浪静；退一步
海阔天空。生活教会我
该忍则忍
当退则退

3

真是荒诞极了
我在梦中
命令汪伦墓里的人
去江边踏歌
送我重返尘世
他声声绝唱
而我步步惊心
睁开眼睛后
江面开阔
流水正搬动黄昏

4

有人迎面走来
像上游的水流到下游
穿过我的肉身时，稍停片刻
这一停便是一生
我就是自己的窄门

5

雨滴落在江上
垒起水的高度
是谁跳进你的身体
让我成为
漫出来的一滴

6

既然命如草芥
何不将我捣碎
浸泡，发酵，打浆
成为宣纸的残片
用于包药
或者抄经

7

叶子落在江面上
像流动的伤疤
我轻轻揭起后，整条大江

痉挛了一下

8

时光洗着的白发
就像江水漫上我的渡口

我会携带一些新鲜的诗句来陪你〔组诗选二〕

周碧华

在我启程前你不得老去

昨夜　我敲下了第一个字
震落了你那里几片薄霜？
我在东经111度　一直忍受
梅子黄时雨
我常常驱赶思念　让它穿越两个时区
当思念抵达
你的鬓角是否又多了一根白发

这些年我生儿育女　为五斗米折腰
把浪漫的岁月压在箱底
偶尔用发亮的脑门晒一些往事
洗碗除尘　幸好藏一些掌纹里
如果有　不可闻的日子
我会把手掌贴近鼻尖

等到花儿都谢了
你的花园是否还在精心打理
枕边是否横卧一本泛黄的诗集？
时光易老　绣花正好
花朵别在怀旧的音乐里绽开
我会携带一些新鲜的诗句来陪你
在我启程之前　你不得老去

邂逅湖边品茶的女人

黄昏必须提醒星星　她们的眸子

已映亮湖水　晚风不停地偷取她们的香
我将错觉　是否是民国画报上的女人
旗袍恰到好处地馈赠一片春色
披一件纱巾纯粹为了象征

品茗　插花　抚琴
我深信这湖会失眠　通宵整理她们姣好的
身影　甚至羞愧于它的前世今生
只有一些萤火曾经点灯
深陷在原野里　像个落魄的诗人

明天　她们也许来一场说走就走的旅行
而我　只能掬一捧含香的湖水
清洗一些俗不可耐的事情

以上原载《星星》2016年8月上旬刊

熊曼的诗

熊　曼

田野颂

春笋、荠菜、香椿……
这些来自田野的馈赠
肥嫩，自生自灭，被粗暴的手采摘
是它们的
打量，挑选，讨价还价
是我们的
摊贩赔着笑脸
但不愿意贱卖
对于生活，我们都觉得委屈
暗中握紧的拳头
又松开

现在，它们被带回家
被水煮，油焖，爆炒
被端上餐桌
被我们吞下
仿佛吞下雨水，惊蛰和清明
多么好

我们拍着肚皮发出了愉悦的叹息

等　雪

等待它落在家乡的田野上
在清晨，我的父亲搓着通红的双手
把萝卜和白菜连根拔起

等待它落在城市肮脏的街道上
我的儿子刚刚学会奔跑
还不敢松开我的手

雪越下越大，我带他来到楼下
堆一个胖胖的雪人。我们绕着它跳啊，笑啊
把寒冷推远

如果雪下得更大，从湖北到湖南
再落到江西、福建
天空下，我们共享无边无际的白

原载《长江文艺》2016年第7期

雨　后

雨是什么时候落下的
只有失去屋顶的穷人
和失眠的人才知道
清晨，那些坚硬的
庞大的事物露出了
脆弱的部分

一个人在雨中走
内心与路边的植物
相呼应。多么苍翠
每一棵的叶片上面
都滚动着一颗露珠
像所有孤独的人
捧着自己的秘密

这不易觉察的美
因为珍贵而脆弱
一阵风吹过

就可能掉下来

原载《青年作家》2016年第8期

诗28首 〔组诗选三〕
吕贵品

策马行

在一条扶摇飘逸的路上
路两岸莲花开放!
我在莲花之中正策马而行
策马而行,策马而行

心跳是马蹄声声
全身的血液是一匹红马驮着我

当下,天地飘渺
我的身躯正高举飘飘的银发
骑着那匹红马争分夺秒向前驰骋

人类的脑袋
戴着发套在红马群上移动
如同熙熙攘攘的肥皂泡一个个地破灭了
红色的马毛开始脱落
落在山巅飘起一缕晚霞

我的红马倦了　不想驮我了
红马跌倒　心跳的蹄声刨起一阵黄土

我只好弃马驾鹤而行
我顷刻身轻如云
我不用在生命之中呻吟了
离开那匹红马我会更自由地飞翔

黑白之争

棋盘上的万里江山　杀声一片
只见纵横交错　黑白驰骋
双方诛剿围地　硝烟在内心里奔腾

中指与食指之间夹起棋子
或白或黑　人类早已染指　或亡或生

指间的一枚棋子轻轻落在盘上
行棋帷幄于千古独步
形而上的马蹄声声

忽见一隅劫处春意盎然
黑白各手各执棋子半信半疑
一颗圆子可定方寸
一丝心智牵动经纬万端　岂能不争

收官时节是人心的深秋
橡木棋盘上满目萧然
只是因为黑白　而存在输赢
如果只有一种颜色　就叫天下大同

稀里哗啦　一盘棋终于收官
棋盘上的白子多围地广　白胜!
这时棋罐却晃动着圆圆的脑壳:
以多算胜罐里的黑子多　黑赢!

嘿!棋盘经外,还有一片绿水青山
几枚棋子几枝梅花一片暗香疏影

乐　器

我在音乐里惆怅
无爱,无恨,无笑,无泪
有的只是悬浮中的无边无际的
伤感!

李煜的虞美人在洞箫里哭泣
那阴郁之音从我的骨管里吹出

古琴里嵇康演奏的广陵散
极度的误伤在我的神经上弹拨

庄子为自己死去的女人击盆高歌
敲击的是我的胸膛

二胡里阿炳二泉映月的忧伤之水
正在我的血管里流淌

冼星海弹着我肋条的琴键
演奏出悲怆千里的黄河大合唱

我寻佛而行打一点安静
又听到了我的心脏发出鱼水之声

我是一堆乐器
我是一堆横七竖八参差不齐的乐器
我沉溺于音乐里
惆怅是水中的一根稻草
我想在悬浮中找到一点浮力
度过无数个无助的日子

无法入睡的时刻我听到了
这堆乐器的声音
是古东方发出的凄凄楚楚的声音
是老中国发出的嘈嘈切切的声音

原载《作家》2016年第8期

叶舟作品 〔组诗选二〕
叶 舟

在路上

我看见天空疲惫　那么高远的疲惫

比眼前的秋天　比这条路
比一场恢宏的诵经声
还要疲惫　我知道她深情的来源
一切热情　开始成灰

可我　依然带着锄头
在天空的深处　收割土豆　玫瑰
与所有心灵的食物
这些平凡且寂寥的人生　走在路上
才是我准确的宿命

累了　我就直起腰
靠在天空的身上　掸掉灰尘

饮下银河里的水

这时　那些灿烂的星宿　犹如鸽子
再一次起飞

中　途

去问问葵花　关于太阳的下落吧
我们翻过了长城　看见暮色
已深　洛阳的灯台上　坐着一群
明亮的神祇　没有人知道
当初的离开　或现在的离乡
有什么不同　但我们的行囊中
已经带来了印度　以及一棵
菩提树下　所有圣人的觉悟

告别时　群山如一些蓑羽鹤
拂带秋天　站在了恒河两岸
施洗羽毛　其实生命就是一次行脚
像那时候的长安　弦索奏唱
夜宴正酣　空虚的皇帝亟待一纸
心灵的药方　在这修远的路上
谁默然前行　谁就率先拈花一笑
去问问太阳　那些葵花的消息吧

原载《青海湖》2016年8月号

悲悯书 〔组诗选二〕
黄 浩

秋天的词牌

总认为秋风是念奴娇
凤凰台是吹来的
那时镜中人似汝瘦弱无比
汝却一曲菩萨蛮忧伤万分

秋雨可是李易安的声声慢
梧桐树上三更雨
叶叶声声相思苦

那些秋天的月亮梦过横塘么
虞美人于是水调歌头懒画眉

在秋天，总是活在这样或那样的词牌里
婉约的点绛唇，是汝，豪迈的卜算子，是吾
吾誓要写出一首荡气回肠的九张机送汝

多少年了，吾如今还活在如梦令里
汝呢，能否再把雨中花试周郎

躲在角落里的男人

整个躲在角落里的人，是一个男人
他躲在酒桌的末端，他不说话
他双腿抖动正襟危坐
他小心翼翼地打量着每一个人
满座高朋，口若悬河，滔滔不绝
他起来敬酒，脸上堆满了笑
每个人的脸上，因为酒精而燃烧
他忽然间来了一个冷笑话
主陪竟然喷了饭
旁边一个半老徐娘
花枝乱颤，笑出了泪
汝湿了一大半，哈哈哈以继日
胸脯抖得厉害，活像一只老母鸡

躲在角落里的人，酒场中是个厉害角色
他是个盗贼中的盗贼：优雅的盗帅
他是楚留香之流，亦正亦邪，惯于盗心
他踏月而来，留香即去
可日常里很多人
都不曾留意过躲在角落里的他

原载《诗选刊》2016 年第 9 期

自度曲 〔组诗选三〕
李元胜

不在场的我

我们无休无止地挖掘地下室
我们无休无止地折叠真相
我们口吐莲花，聊天中的机锋
像迷恋某种看不见的杂技
只有在黄昏，一个人散步的时候
我是羞涩的——
另一个我回来了，夕阳用最后的黄金
镀亮我心中深浅不一的沟渠

良宵引

你读到爱时，爱已经不在
你读到春天，我已落叶纷飞

一个人的阅读，和另一个人的书写
有时隔着一杯茶，有时，隔着生死

我喜欢删节后的自我，很多人爱着，我剪下的枝
　条
直到，奇迹出现了，你用阅读追赶上了我

你读到一粒沙的沉默
而我，置身于它里面的惊涛骇浪中

自度曲

漫长的青春里，我们都曾经历了各种开花
一会儿百子莲，一会儿绣球，更多时候是各色酢
　浆草

我们需要繁茂，哪怕是很小的繁茂
心，需要蜷缩在这繁茂的一角

经历种种，或可逐渐拥有这样的心——
它无比矛盾，无比辽阔，像没有边际的大地

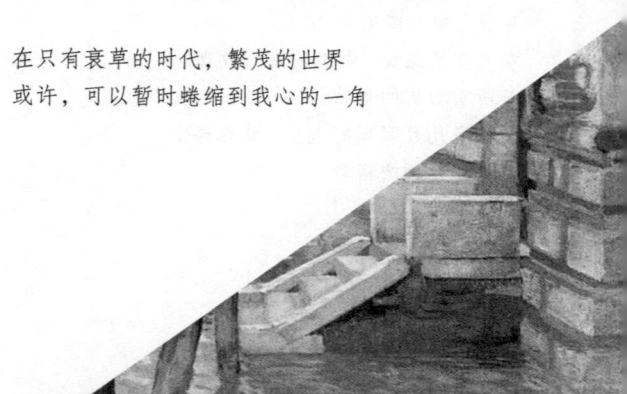

在只有衰草的时代，繁茂的世界
或许，可以暂时蜷缩到我心的一角

短句 〔组诗选三〕
林 莉

暮 春

多余的灯都熄灭了
我们才披着一身干净的月色

耳边有溪涧凛冽的潺潺声
自身体的空旷处传来

多年以后
我们在各自的孤旅中
又遇见自己喜欢的事物
再次为莫名的喜悦
疼得掉泪

人世呀,被流水送到一日之远
人心呀,难道是满月催它们分离
各有苍凉

雁群飞过

站在枫溪高高的堤坝上,我看见一群雁
向西飞去,有一瞬间它们张开的翅膀一动不动
像是在经历一场庄严的告别,然后它们从落日的
　针眼里
奋力穿了过去——
夕光把整个大地都染红了,黄昏的空苇地上
落花流水着它们黑色的影子,安宁且痛楚

短 句

我爱这春夜的深潭
它弯曲着,沉重,幽蓝

我爱这潭水中的游鱼、迷雾和孤舟

月光下,它们有着模糊的面容

窒息的美,犹如今夜
我独坐潭畔,动了不死凡心

犹如某个古老的时辰,你忽然
读到这短句,无端泪涌

一切,不多不少
恰如你所见,我爱——

我爱这深潭状清冽沉默的命运
以及湿漉漉的呼吸

以上原载《人民文学》2016 年第 9 期

回声——魄力的沉默 〔组诗选二〕
晓 雪

纪 念
——为瞿秋白故里而作

吹开灰尘,你便入往事。

衬衣,隐约的质地,竟是
不打褶皱的背景,它把
层层雨露关紧。如此,
与你一样有着慎重的态度。
白裤,只到膝盖,为不跪
留下了绝对的干净。
你唱歌,并未哭泣,
为时间的、世间的错位。

——那场不会重演的悲情。

爱和恨,只隔了一道诚实,
始终不能用理想弥补。
生和死只是往后渐退,只是
你曾经的黎明变成漆黑。

你离开了书桌,弯腰捡起廊檐下

的樱花。脸上，颜色微红。

致东坡居士
——为东坡公园而作

选取好了写他的季节。清明过后，
白莲虚长，与他在常州谢下的
帷幕一起，落入城池。

再选好想他的姿势。

站着，坐着，蹲着。跪着，
却不是简单的膝盖弯曲，
是对自己无知的宽恕，是拿蛇的
智慧和兔子的温驯，将运河微冷的
肚皮，划开。

水流喧哗。这是他穷极变换的
笔墨犁开了四周的平坦。
他物我皆忘地化蝶，在法度之中，
留下了春江晚景和沙洲冷寂。

留下了《赤壁怀古》……

它太高了，高过他登岸时
的心气。而纸上，梅花点开的声音
太低了，低过他在时空中的喘息。

原载《大河》2016年秋卷

在那山冈上 〔组诗选二〕
王学芯

在那山冈上

山冈睡着　我的头发
在风中醒来　松林
呼吸着晨曦的星光

我幽暗的脸　像一块岩石
在山冈的梦中移动
慢慢地脱离山冈的胸口

瞬间我变成一缕轻雾
清楚地看到　那些松树
要奋力地指向山冈
留下的落在阴影里枯萎
沙沙响的声音
日复一日　为眼前的台阶
清理舞台

小径曲折　一条蜿蜒的绳子
围绕着山冈的顶尖
激起波浪

而鸟带着一丝幻觉点击树梢
头上的白点画出一根弧线
把一滴露珠　凝成冰冷的光

在山冈上蜷腿而坐

我的手摸到自己的脸
脸已不属于自己
像僵硬的石膏　放弃了表情

我的手寻找自己的胸口
那里藏着一件非常小的东西
但我忘了它藏的角落

我的手搭上自己的脉搏
血的流量在激流上飞奔
却又流进事情的泥沼

我的手梳理自己的头发
头绪在悬崖上走来走去
影子坠进了深渊

这时　我的喉咙干涩
发出撕纸时的声音
像微弱的纸屑轻轻飘动

原载《十月》2016年第5期

散文诗章
PROSE PSALMS

书法家（十三章）   旭　宇
在武当山看星星（十四章）   草馨儿

书法家（十三章）

□旭 宇

生命如玉

早晨，我常常凝神迎接那一轮红彤彤的神圣，那一轮不朽的人类的崇拜。看她冉冉从地平线升到历史的高度。

心灵的向往，是我得到了一轮生命的太阳——数千年我们先民用血汗和智慧雕刻的古璧。握璧在掌，一个伟大民族文化的灿烂在心头放射出奇彩。

她那么温润，如脂如膏，在心灵上有一种难以名状的温存；她那么坚硬，所有的利刃都不能动她一丝一毫；她那样纯美，秋日的高洁和春日的繁华都结晶在方寸之中；她那样质朴，如山里人一副感人的面孔；她那样精致，在起伏的线条中流荡着真正的艺术；她那样的声音悦耳，击一下如清泉转过奇石的脚步。一轮艺术的太阳在掌上，我们祖先光芒四射的智慧在我心上。

在那低矮的作坊里，油灯如豆，汗水如注，手上的茧厚过牛皮，将双目与心声和着解玉砂吱吱的响着。在达官富贾的身上，一串串玉器作高雅的叮咚之声，一种镀了金的时尚，弥漫了远古的岁月。在生命危难之际，这先民血汗的结晶还会为主人而碎，那简直是一种神的启迪。从人文始祖到贾宝玉，这样的一块大自然的精灵收蕴了多少传说，至上的权力与艺术的风月，都在这灵性的玉石上留下名字。

古玉，我在你身上看到了远古的云与月，看到了茅舍与皇皇殿阁。将耳朵贴近你时，一种和平的流水和铁与火的厮杀组成了伟大的乐章，如"十面埋伏"和姜尚的琴音。

我握着这神奇的古老太阳，时间的流水不时地激起浪花，有一种神圣和感应来自远方，或阴或晴、或冬或夏，在她身上都可以读出文字。

入梦，常有下和走来，在山野之中有彩凤鸣叫。彩凤在我身边，化作这灵性的古老太阳。

不需要到殿阁去凭吊祖先，只要在自己的案头供上这块古玉，我们先民的伟大和神圣，便充满我所有崇敬的灵魂。

书法家

春云似柔软的宣纸，瀑布一般在眼前抖开。

千斤狼毫开拓着群峰和险峡。随后是万里洪峰的奔泻。

平潭。急流。或山石般凝重，或鸥翅般轻盈。月的清辉，霞光的幻影，在九曲的江流之上，如爱情诗的迷离。

他将自己注入笔端。灵魂在九天之上。风韶在漓江之畔。

涛声，虎啸，在笔墨的走动时，历历可闻。

大江长城，五千年雄浑俊逸，都在这不足尺的竹管里凝聚。

一生的悲欢和耕作，也都在这洁净的原野里收获。

咫尺间，他作着一生的艰难旅行。

悬挂于宏大的楼馆，得到的是一片雷鸣般的礼赞。而在挚友斗室，三尺条幅，竟是他六尺身躯在那里踱步，沉思，侃侃而谈。

登踏数千年墨海云烟，他是一条东方龙。

高山之松

春雨渐渐，我穿行在书法的园林，清新与多彩激荡着我的兴奋。在奇石之畔有一株古松如蟠龙而上，将豪情与诗意泼洒于万里晴空：他那神奇的力量让我们充满着景仰。

啊，书坛的奇松云龙，一首陈子昂前无古人、后无来者的历史诗篇。

在大河之畔，携一身雪浪，他从多少个春秋风雷激越的日子里走来。那钟鼎文的奇绝在肩头，那汉隶的古拙在双臂，那魏碑的苍劲在足下，……吟着大江东去浪淘尽的诗句，如东坡居士穿行在风雨打叶声的林莽。

尽管数十载风雨的磨砺，不老的紫毫仍然如刀，一路砍着生命的裸岩，和着《诗经》的国风，铸造着属于自我原始生命的书法神殿。他将自己的执着和刚烈，挥洒成一幅幅呕心的书作，字字有风骨，篇篇有神韵，让西风烈马驶过，如银河垂下九天。成书于满腹经纶之体，泼墨于崎岖生命之纸。

岁月的原野尽是荆丛，天生我才偏爱踏浪而行。暮色里，拄杖笑看风云，裸开赤胸，任风镞射来，不老的风景里站成一座山岳。

饱蘸生命之情，一支巨毫在握，秋风横扫茫茫的宣纸原野。

一只雄鹰立于天地之间，伴着古松与奇岩的神采，融合成属于他的书法丰神。

这只雄鹰翔出宣纸，在神州书坛之上搏击，九万里长空如意，中华历史的一幅杰作。

屈　原

望着耸入云霄的山峦，我在人生的路上奔跑，脚下尽是暗坑、荆棘，和无名的陷害。我在三千年前的路上呼喊着，向着山峦，向着屈原。

他站在历史之上，那样的高大，厚厚的乌云不能将他掩盖。

道路是这样的崎岖，没有一条可以辨认。众多的先人，在这险恶的路上化成了青石，然而，还能看出他们的面貌，向前伸出的那双臂膀，如旗帜，为后人指路。

诽谤的风好狂，可不能终日。陷害的雨好大，可不能终朝。

我听到他博大的心跳了，在地层深处。那爱国的血已化成熔岩，在地下奔涌着。爱过的心都埋在深深的地层之下。它们一旦见到太阳，便成为这高耸的山峦。

我仍旧奔跑着，在山路，举着爱国的头颅——太阳，向着屈原！

做一棵树吧

我们应该做一棵树。它，伟大，

  它的灵魂，诞生在人所不知的角落里。那里，只有泥土。
  向着阳光，它长出了绿色的理想。向上。空间，属于这小小的生命。
  为了他人的生存，在角落里，默默地生长着。将绿叶的胸敞开，以自己的血液过滤害人的灰尘。
  它生得平庸，然而，却死得壮烈。
  在斧锯面前，它挺立到最后，并以撼山之响，伟然地倒在母亲的怀里。
  死了，也要化作烈焰，照亮暗夜；也要去做栋梁，建造温暖……在身后，留下一声声长久的赞誉。
  它死了，它长生！

塑　像

  在潮水般的人流处，高高地耸立着一尊敬慕。
  白雪似的大理石，凝集了无数双行人的眼，凝集了一个抽搐的年代，血的光泽、心悸和真理的枯萎。
  镀金镏银的名字，烁烁于惊叹，连这石头也显得神气和幸运。
  昨天它还站在山野，和花岗岩一起被野草戏弄；今朝它却站立在最为人景仰的地方，那样高贵，那样俯视人寰的历史。
  建造者也为之收获了荣耀，甚至拾级而上，档案中满是红色的记录。
  纵然，在人们眼里将塑像矗满，播种愚昧和虔诚，但在历史的心中，仍只是一抔黄土。
  历史的太阳出来了，那塑像融化了，原来是白雪塑成，经不住真理的考验。
  伟大者，从不是塑造出来的。真实的面目永远推不倒。

公园的门口

  在幸福与和平睡着的公园门口，站立着一尊高大的花岗岩塑像。他是一名战士，器宇轩昂地在那里守护。
  这朴实无华的岩石，只配送给这伟大的无名者。雕塑他的心、他的爱，他的微张的嘴唇，所倾吐出来的只有爱国的心才听得懂的坚强语言。
  他从凝固的漠海里走来？他从白雪淹没温暖的边陲走来？脚下可有万顷波涛？肩上还有世界屋脊的旭日？
  在生死的炉里冶炼，灵魂比将军的名字更闪耀。
  所以，他才能站立在这人流的闸门，受着崇敬和赞誉波涛的洗礼。
  他将永远矗立在这里，矗立在人们的敬慕里，矗立在历史的心头。
  啊，他无名得伟大，他伟大得无名。

河流，在前进

  跟着前进的河流奔走，扶着它激越的歌声，那时，我将成为一个透明的节拍，带着咄咄的心音，带着微笑，带着透明的情感和成熟的爱，跟着奔流者一同向前。
  当然，会有泥沙沉滞的悲哀，会有浑浊和草木腐败的氛围。但，只要前进，河流清亮的手，都可以将这些拭净。

这是一条奔腾的路。

疏导断裂的情感，带领着清幽永远向前。

为了拜望久别的原野，为了泥土绿绿的爱，为了夏日的南风演奏迷人的乐章，为了睡在宽宽谷场上的黄金，为了和平鸽在梦里歌唱，河流啊，它前进着。他应该前进。

它胸中应该有大海，那万顷波涛是何等的雄伟和壮观！还有那一颗无比赤诚、博大的心，每天都在呼唤我们向上。

黑牡丹

你见过黑牡丹吗？她是一种奇葩。

一朵芳馨的墨玉，在生命的枝头开放时，季节为之而醉。春风如水晶一样在心头凝固。

那灼灼有神的花蕊，是牛郎织女的星座，多情尽在不言中，深情而蕴藉，质朴又神奇。

叶子是一片片翠色的云，甘露滋润一般，阳光洒下来，点点金黄，高雅而情趣盎然。

她生长在传奇的河畔。那条河是一条青龙，善良而风神。

这青龙为无数干旱的心降下甘霖之后，疲惫地睡在这块灵性的土地上。它抖落的鳞片便萌出了这株奇葩——

我故土的精灵和骄傲。

这墨色的传奇在我的童年生了根。她的芳馨熏染着我的每一根经络，让灵魂也高贵芳香起来。

我仿照这精奇的花卉泼墨于宣纸，便成就一幅幅传神的书法，独得她的神韵。

将这书法悬于斗室，便夜夜有一轮墨色的太阳放出光华。

重逢的心

阔别的朋友相逢，首先脱口的是一颗跳动的心，是一首惊叹的诗！

闸门打开，感情的急流带着漩涡飘来过往的岁月。

在真诚的友谊面前，地位是不值分文的。虽然你拥有高贵的血统，但是这种在常人面前炫耀的殊荣，早被你忘得一干二净。

那逝去的共同经历的苦痛，也被当成幸福的往事来回顾。

让发热的语言相互拥抱，让澎湃的心久久地握手。

因此，各自都从埋没又苏醒的记忆里汲取了力量。

这是世间最纯洁的、金子一样贵重的情感。

但是有人丢弃了它，因之，他丢弃了灵魂。

篝　火

那举着红绸子的狂舞者，如醉如痴，黄河似的呼唤着，四野八荒为之震撼！

我第一次接触这野性十足的篝火。

它的疯狂，它的放荡，它的奔泻的激情，它的照透灵魂的光泽，使我呆若木鸡，进而也随它的舞步跳进来。

我进入了一个全新的世界。

黑暗没有了，热血沸腾了，灵魂出窍了，与它一起，我燃烧起来。

在这暗夜里，我们是光明的鲜血，是熊熊的心脏，是呼呼呐喊的旌旗！

我们是夜里的篝火。

长　城

在秋天的影子里我登上长城，登上中国的历史，骄傲与悲哀。

心灵抚摸火与血的故事。八千里路云和月堆积成生命的方砖。

朔风中的衰草任淡淡的夕阳评说，感染着南去的征鸿。曾经辉煌过的太阳伴着游人拾阶而下，追忆着始皇的畅想和无情的谢落。

梦，总是伟岸而光彩。

从此，我们生活在长城的臂弯里，是摇篮也是困井。

如果这种骄傲没有筑起，我们民族的历史该如何装订呢。

大海作证，无数河流的汇集以及泥沙的沉积，它没有变色和干涸，奔腾不息的生命永远属于它善纳百川的气魄与雄心。同化也是文明，是地平线又一次迎接曙光并送走暗夜。

站在长城的历史的巅峰，我望着大海、听着雷声启迪般的复述。

城下，如血的枫叶装点着时代的风景，古老的绵延直通波涛万顷的汪洋。那样的一种山与海的拥抱，历史与新的生命的一种结合，给人多少遐想。

长城啊，伟大的归宿和起点。

走向心灵

心灵之旅可以成行。

只要你打开一扇心窗，用真诚与信念，用清净与利他，你就是庄子的一只蝴蝶飞入了灵窗之内。那里有无边无际的旷远与真率。含蕴、古老、清逸、忘我。不知其所处也。

时有春风拂过，时有寒流奔涌。

时有古云横陈，时有流星滑落。

然而，你的心总是一池静水。

你投过去一条爱的飘带，便如彩虹，在彼岸有一种热烈的回音壁，应和之声，而不知其发端何处。但你总能感知他所有数码的序列。

心灵上有座桥，建于万年的深处，尽管有岁月风雨的漫剥，它仍横在情感的清溪之上。忘我地从上面路过，吟着老子或释迦之歌，轻逸如风。

感悟是一把钥匙，如清虚之诗从灵山上流淌而去，不着痕迹，但在十字路口处却能让你不迷其途。那是真诚铸就的一个时钟，常于你睡梦时发出的关键呼叫。

驾无欲之风而飘行，天高宇远，经历多少时岁，最终总会落在这块净土之上。

心逌逌兮其源弥远，悟冥冥兮其真至近。我独有感兮，在静思之时。通向心灵，需要的是一种真诚与超越。

静静地独坐下来，以禅的方式咏诵心律。Z

在武当山看星星（十四章）

□草馨儿

在武当山看星星

大山归于沉寂，整个世界笼罩在一个巨大的黑里。

紫金城、大顶、皇权、神权、历史的色彩和白日的盛景一下子退回了黑，并且统一的黑。

回头四望，哪一处不是黑？

孤独开始变厚。

连神灵也睡了，谁会选择这个时候出门？

而我就在大山的脚下，只要抬几步，就可以自由地倾听大山的心跳、星星的私语。于是，我把脚步迈向大山的深处，离星星近一些、再近一些。

其实，我只是想和那些星星说说话罢了。

一阵寒风，一个寒颤。顺手扯一把黑，我想把它当成大衣给披上。

天空开始变矮。

那么多的星星，比广场聚会的人还多，密密麻麻地坐着，一个比一个亮，仿佛每一颗都向我眨着眼睛。

尘世中的荒唐，有时让人看不到光明。而此时，星星离我如此近，只要一伸手，就能够着。一些暖，裹满全身。而这些暖，何尝不是我守望的理由？

我还是有些困惑，我不知道这究竟是一种慰藉，还是一种逃避。

迷茫中，我把目光弥向遥远。

就算帝王将相，皇亲贵族，有时也会把目光投向大山，寻求心灵的庇护；那些高道隐士，更是把一生托付给大山，还有众多的像我一样普通的人，怀着圣洁的灵魂、朴素的愿望，把美好寄托。

这时，我再望望天空，再看看星星，仿佛已经得到些许慰藉。

因为喑哑，几近失语，甚至忘记世界上还有沟通的存在。

此刻，面对一山的苍茫，即便有再多的话也是多余的，我只需要孤独，并且是十万大山般的孤独。

孤独多好。可以让我静静地思考，把繁杂的梳理，把丑陋的摈弃，把美好的把握，把希望的寄托……

尽管我知道它们离我很远，似乎在另一头。而那头儿的清澈，总会让我顿生梦想。有梦想，有爱，有可以思念的人，而这些都会生出翅膀，带着心灵飞翔。

即便什么也不想，我也可以静静地站着，头顶星空，静默万物……在广袤而又神秘的苍茫里感知一种力量、一种慰藉……而这些，又可以化作清泉，四处流淌……

恍惚中，我重新打量自己，像一颗小星把自己照亮。而真正的星星，一直在天上，把世界照亮。

原来，我们一直手牵着手

从一座大山到另一座大山，我一直相信我们
一直手牵着手，从海洋站起的那一刻
　　直到今天，相看两不厌。
　　从一座水库到一些落水孔，我一直相信我们
一直血脉相连，从没有谁能阻止过
　　暗流的奔涌，直到泽润京畿。

从一株珙桐到一片红豆杉,我一直相信我们一直是第四纪冰川残存下来的生命

在相同的避难所里葳蕤有姿,顾盼生辉。

在地球上,已很难找到这样的高山和河流,掩埋的掩埋,消失的消失。而我们

一直手牵着手,多么不易。

你教会我如何去爱吧!

我想爱这里的一切,像石头渗进石头,水渗进水。

让我学会爱吧!

让我们相爱吧!让人类所有的神话重现,让所有的高山、河流回归从前。

原来,我们从没有远离。

一直手牵着手。亘古不变。

泥苔藓

只要一滴水,便可活下来。

在神农顶,高大的植物倒下了,只有你,扎根岩石。

在大九湖,最不易生存的地方,只有你,铺满草原。

一株连着一株,一片铺展一片。

春绿,秋黄,冬泥,一年年重生。

不为谁绿,不为谁枯,只为自己活着。

活着,就是最好的证明,就是学会爱。用爱,证明这个世界的存在;用爱,
证明生生不息的诺言。

珍禽异兽走了,奇花异木走了,所有能证明古老与久远的事物都走了,只有你,

以最小的高度把生命擎起。

没有抱怨,没有忧伤。

即便去死,没有骸骨,只是一把灰。

一把灰,却没有背叛自己的祖先,一代一代地枯槁,一代一代地隐忍,一代一代地沉默,一代一代地坚持,一代一代地记录着世界的变迁,物种的变异。生是一片绿,死是一把灰。

矮小的身躯,高贵的灵魂。

任人踩踏的命运,却从不卑微。

二月花,或者十月红

她不是花,是叶子。我却喜欢叫她花,二月花,或者,十月红。

她的美,不是经霜的一种红艳,而是临风的一种姿态。

那是一种不需要任何点缀的洒脱与不在意俗世繁华的一份孤傲,如花朵一样轻灵,如秋水一样明净。

春之蓬勃、夏之繁盛,对她来说只是一个过程。

对于经历过的,她从不回味与眷念,比如赞美与宠爱。

对于那些沾沾自喜的另类来说,她总是不屑一顾。她已习惯临风的姿态,不再对俗世悲欢,有动于衷。

淡然。默然。悠然。

闲闲的,远远的,静静的,以花朵的心情,落地为尘。

与一只蜗牛对话

与一只蜗牛相遇。顿时,我也成了其中的一只。

目光粼粼,心照不宣。

我们仿佛变成了对方的一面镜子,清晰地、毫不留情地照见了自己。

你说,你羡慕那些同样软弱却活得轻松的同伴。

你甚至想把身上的负重摔得粉碎。

我和你一样啊,一样的软弱、一样的沉重。

可我不羡慕那些青虫。

尽管我们有一样的软骨,它可以作茧,可以变成飞蛾,甚至有天大的后台。

我也不羡慕那些蚯蚓。

虽然它们和我们一样爬得很慢,到了危险的时候,它可以遁入泥土,得到

大地的庇护。

而我们,什么也没有,只有笨笨的壳。

有壳就够了,我们可以用壳来保护我们自

己。

风雨不怕，冷暖自知，伤疼自慰。

不靠天，不靠地，我们靠自己。

惟有靠自己，每一步才走得稳固而踏实，心灵才能随时随地归于宁静。

惟有心灵的宁静，才能一生轻松啊。

夜雨中的红飘带

那条红飘带在雨中飘啊飘，用最明丽的红点缀这夜色。

也许因为醉意，我决定在这里坐下去。

和风僵持，和雨僵持，和夜僵持，和已逝的岁月僵持……

为什么坐？和它？难道真的要和它一起数点风雨？

它，红飘带，一把摆在公园里的长长的座椅。

与栈道结合，连结水与草，连结天与地。与灯光结合，点亮河岸，点亮梦。

我不知道创意者是谁，我喜欢这种自由的野性的大脚美。

它解放了河流，并让植物自由生长。

尤其在这样的夜，既然已醉，不再举杯，不再邀月，只想半醉半醒地坐着，山在水在，鸟在，林在，风在，雨在，冷也在……

就这样坐着，把红飘带坐成一叶小舟。

那深深浅浅的树木是绿色的浪，我是舟子。

我将在这里系舟，载一河的相思。

听 雨

绵绵的雨落着。

没有晨昏，没有季节，我只临窗听雨。

一滴滴的雨打在雨棚上，像敲打一个人的名字。无数滴雨穿珠成线，像雨幕回放从前。

有金属的韵律，有轻盈的舞步，我感觉发上有雨，唇边有雨，全身上下似乎都沾满了清凉。

只是一扇窗，一帘雨。

"出去走走，你都坐了一天了。"

难得这样的季节，这样的雨，我喜欢这样坐着，让枯旱的心获得润泽。虽不像绿叶那般润泽，至少没有烟尘和喧嚣。

一个电话也没有，多好。即便有，也可以理直气壮地因雨天而拒绝。

心灵亦如秋草，在雨中摇曳起来。

锁 岛

把一座岛圈起来，锁上，谁能偷渡？

把两颗心圈起来，锁上，谁能背叛？

阳光下，一把耸入云霄的钥匙拔地而起，闪着金光。

据说，只有它才能打开锁岛。而一只快艇，另一把钥匙，轻松地把我们送上了岛。

谁是真正的钥匙？

像嘲讽，一群小浪花发出了哗哗的笑声。

我们也笑了。

看着那各种各样、花花绿绿的同心锁，我们相信他们的心真的连在一起了。

不然，那么多的锁，有的崭新铮亮，似乎还宣告着他们爱的誓言；有的虽已斑驳锈蚀，却也严严实实地闭合着，似乎把守着他们的秘密。

一把钥匙只能开一把锁。

在这里，我们找不到一把打开的锁。

即便爱走了，情散了，心碎了，谁会潜入湖底，寻找一把作废的钥匙？

真正相爱的人彼此信赖，他们的心从不上锁。

清明是春天的一部手稿

清明是春天的一部手稿。

写一行，桃梨几株，春花几点；写一行，垂柳依依，细雨纷纷。

还想写一行，黄菊，或者玉蝶……

便有人从远处走来，清泪两行。

如此伤怀，最好彳亍山野。借风来，放牧一群词语。

一个词，上林梢，便是一首清风曲；

一个词，穿溪水，便是一阕踏歌行；

一个词，落草尖，便是一幅水墨画……

我站在那里，像一个停歇的标点。或者，一个跑累的词，等风来阅。

一页春山赋，一页云中诗，一页花间词。

至于更幽处，鸟鸣嘤嘤成韵，一粒一粒地深情落笔，让踏青的人寻寻觅觅，边走、边读。

爱的春天，我们共同举杯

阳光把每一盏酒杯斟满。春天的花园，郁金香，正在举办一场盛大的酒会。

我已经习惯，跟在你的身后，像一个影子，一阵风儿，或者，一片云儿。

在这花的世界，我找不到自己，所有的酒盏都急于表白。

紫色，代表无尽的爱；白色，代表纯洁的情；红色，给你火的热烈；粉色，给你一生回忆。幸福有时就像花儿，仿佛她们都是我前世的姐妹，所有的表白都代替了我。

而此刻，欢欣被包围，就这样心甘情愿地把手给你，任你牵着。

爱的春天，我们共同举杯。

今夜，我是那采莲的女子

让风静下来，让月光沉下来，让所有的星星跳下来……

在我透明的忧伤中，裹满了盛夏的轻愁。

不言不语的那一朵，多像我临风的白衣。

日日夜夜，用清露拭目，用淤泥濯身，安然于你的近旁。

而你，如那蜻蜓，总是喜胭脂，爱红唇，被风灌醉。

今夜，我是那采莲的女子，我要把小船划入你湖心。

挽袖握莲，与一朵清幽相伴。

今夜，我是那采莲的女子，我要把小船划入你湖心。

兰桨横成，锚入湖心。

听 雪

岁末，总有一场雪。

有时大，有时小。

大有大的好处。放纵恣意，如倾诉，似宣泄。

小有小的情调。飘飘洒洒，散散漫漫。

这个时候，看雪不如听雪。

听雪，最好一个人。

最好在刚刚落雪的时候，一个人，走向大山。

静寂。

静寂之时，会滋生一种荒凉。

这种荒凉和过去有关，也关乎现在和未来。

难免脆弱。

这种脆弱，像仓惶寻找岩壁、渴望庇护的小山雀。明明喜欢在雪地里

沐浴，却总是担心和忧伤。

忧伤，也和这天气有关，越阴郁就越抑郁。

忽然，莞尔一笑。

这不清不明的是天气，这清清明明的也是天气，而心情，是可以改变的。

这个时候，眼睛所及之处，天地一色。

耳朵就不同了。远的、近的；轻的、重的、新生的，随之而来……

就连那逝去的，好的、坏的，也能听到……

最后，所有能听到的，渐渐被一群插着六支羽翎的小精灵带走。

越来越远，越来越白，越来越静……

拥有和失去的，简单和复杂的，了无踪影。

天地一片纯洁。

原来，听雪，像迷路的孩子，可以找回自己。

寒 夜

越来越喜欢寒夜了。

喜欢它的孤独，它的冷，它的黑。

因为孤独，我可以把手伸向苍穹，在黑暗里寻求星月的慰藉。

因为冷，我可以握住那些文字，让孤独接近

高蹈的火焰。

因为黑，我可以点亮心灵的灯，让冰冷感受希望的光明。

寂静。

寂静让心跳加快。

绝望。

绝望让死灰复燃。

不能倒下，不能让依赖你的人绝望；

不能流泪，不能让嘲笑你的人蔑视；

不能言退，不能让绊倒你的人得逞。

孤独地行进，你会发现：只有那些可怜的小动物才会聚集一团。你不是狮子，

却永远拥有自己的孤独。

寂寞地牵挂，你会发现：因为爱和被爱，有那么多的人和事需要你的帮助；

帮助你的人，你还未来得及回报。你的牵挂，让世界平添了温暖。

简单又明了，从容又自信。

一个个寒夜，铺开一个个命题，探寻一个个答案。

天亮了，心也亮了。

孤独和寒冷，来自黑夜；豁达和开朗，也来自黑夜。

太阳出来了，光明和温暖随之而来。

血是热的，心是亮的，寒夜不冷。

大九湖，你这高山上的一滴清露

那是高山上的一滴清露，清得让你心疼，让你的心久久不能平静。

在叶子和草丛之间，有一汪碧波。那么绿，仿佛每一滴，都是从叶脉和草尖上

溢出来的。

总有一条路摆在哪儿，牵着你弥向深处，深得不知归路。

微风拂过，雾霭在阳光中颤抖。像梦中的恋人，看得见，却牵不住他的手。

即便有雾，向前，还要向前。那里有更深的呼唤。

那些雾啊，来得快，去得也快。甚至，来不及发出任何感叹，就不声不响地

过去了。

雾散，风清。天蓝，水绿。一切都那么美好。

如你在身边，那该多好。

在阳光的另一面，绿色和黄色在交替，一些颜料被打翻了。

五彩斑斓的叶子像小鱼儿，在湖面上游来游去，又像蝴蝶轻栖在肩上。

我却不再相信这是湖，而是天下的色彩库。

其实，这不是真正意义上的秋天。

真正的秋天一旦与你邂逅，一生都难以释怀。

有钓者在收竿，我却舍不得走。

如我钓鱼，我想一辈子钓下去。不钓鱼，只钓水，钓一湖的水。

放牧在湿地上的野花缄默不语。除了我，谁会轻轻俯下身，倾听一朵花的暗淡与灿烂？

谁会抬起头，寻找枝头的一粒火种，一声叹息？谁会在意一株草、一簇苔藓能否自由地呼吸？

谁会像一棵树，即便没有一片叶子，也不会改变眺望的方向，向世界舒展无力的美好？

一切都那么纯净而美丽。我却为自己摄技拙劣而汗颜，为不能展现你全部的美而自责……

脚步走向密林。心，却飞向蓝天。

今生，怎堪错过此般美好？

哪怕化作一只水鸟，终日与你相偎依；或者一丛芦苇，伴着微风和你一起摇曳；或者一棵树，哪怕孤独，也愿意与你守望一生。

总是盼望着，就这样走下去，永远地走下去。

或者，突然迷失，让尘嚣里已被侵蚀得千疮百孔的心，在这里得到休憩和滋养……

若能如此，我便可在一滴清露中栖息，并安然地谛听万山鸟鸣…… Z

诗人档案
THE POET FILES

□ 特邀主持 三色堇

SHANG ZHEN 商震

你啃食着我
他们啃食着你
我的獠牙也沾着血迹
我和你、和他们
是狮子和羊、羊和草、草和水、水和狮子

——《冷水澡》

商震

1960年4月生于辽宁营口。职业编辑。在《人民文学》杂志社工作十六年，由编辑至副主编。现任《诗刊》常务副主编。出版诗集《大漠孤烟》、《无序排队》)、《半张脸》及随笔集《三余堂散记》等。

主要作品

诗集：

- 《大漠孤烟》2000 作家出版社
- 《无序排队》2014 作家出版社
- 《半张脸》2016 中国青年出版社

随笔集：

- 《三余堂散记》2015 作家出版社

社会生活

一个好朋友约我下棋

我们用一块一块木头做的兵马
摆列战阵，埋头厮杀

棋盘上，是
一块木头请另一块木头出局
心里却想着，怎样
你死我活

我们表情紧张，敌视
往日的友情化为乌有
活脱脱的两个歹徒

苦 冬

无雪的冬天是我的敌人

雪不来，故乡不和我说话
雪不来，我在异乡的苦楚无处掩藏
雪不来，所有的风都能把我吹动

我是脱离了根的枯叶
易怒易燃
雪不来，就不安静

冷水澡

我从无中来
你也是，他们也是
无，是一切的祖先

不把水冻僵
冰就得不到承认
你疼了，才能感受我的力量

你啃食着我
他们啃食着你

我的獠牙也沾着血迹
我和你、和他们
是狮子和羊、羊和草、草和水、水和狮子

想明白这些时
已说不清该有还是该无
想明白这些
每夜都睡在冰上

向远方

这是被深冬设计过的夜晚
高高的天空下布满迷离的雾气

远远的，你静静地睡着
我站在路边默默地数星星

天空中传来你均匀的呼吸声
你的鼻翼像小鸟飞翔时抖动的翅膀

我看不到你的眼睛
寒夜的风，钢针一样在我胸间穿行

你看不到我数过的星星
我摸不到你的梦

故 乡

火车带着我，驶离故乡
我不情愿，又必须这样

不知有多少人，和我一样
几年回来一次
把故乡长久地带到远方
为了生存，常常把他乡
委屈地喊作"故乡"

故乡不是户口本上的籍贯
不是难改的口音
是情感里的 DNA

在他乡，高兴时

会不自觉地说家乡话
苦闷时,就想起童年的玩伴
当遭遇尴尬要离开谋生的城市
又回不到故乡时
那一滴酸楚的泪
会熬成盐

年过半百的人,常常感觉
太阳和月亮是一个温度
只有故乡,是埋伏着暗火的炭

火车急速地跑
我转过身,让脸与车头背向
并安慰自己:
我是倒退着离开故乡的

心有雄狮

在陕北以北的草地
经历了一场大风

风是狂躁的
起初是一小股贴着地皮
后来是四面八方

地面上的风
尾部都向上挑
试图勾引天上的风
垂直向下吹

草被吹乱
像雄狮披散的鬃毛
一朵瘦小的野菊花
弯下腰躲进草丛里
我也闭上了眼睛

风在制造强大的噪音
试图要把花草吓死
风常幻想自己有很大的能力
我站在一旁窃喜
这混杂的噪音
恰好可以藏住雄狮的吼声

纸上的马

看到一张国画
一张白纸上只有两匹马
尾巴扬起蹄子腾空
大张着嘴
看上去就感觉到马们的急匆匆

两匹马的前面是一片空白
我想:
如果前面画一轮朝阳和一片青草
马们就是急着去吃早餐
如果画一枚夕阳和树林
马们就是在私奔

如果要我来补画
就给马身上画上鞍子和脚镫
再配上一个箭囊
让它们去上战场
哪怕是一次练兵或演习

半张脸

一个朋友给我照相
只有半张脸
另半张隐在一堵墙的后面
起初我认为他相机的镜头只有一半
或者他只睁开半只眼睛
后来才知道
他只看清了我一半

从此我开始使用这半张脸
在办公室半张脸藏心底下
读历史半张脸挂房梁上
看当下事半张脸塞裤裆里
喝酒说大话半张脸晒干了碾成粉末撒空气中
谈爱论恨半张脸埋坟墓里
半张脸照镜子
半张脸坐马桶上

就用半张脸

已经给足这个世界的面子

香 气

朋友寄来一方砚台
雅致严肃得像一位古代君子
砚台是可以用来慢慢研墨的那种
砚台里还有一枝新鲜的梅花
飘出稚嫩的香气

朋友说：砚台是他淘的
梅花是他养植的
那枝梅花枝干纤细花朵小巧
单薄得让我心疼
我在想：朋友折梅花时
一定是咬着牙眼睛看着别处

朋友是一位端庄的书生
砚台配上梅花是他的心境
也是他在揣度我的趣味
我凝视了一会儿
咬了咬牙
把它们收到书柜里

砚台我没使用过
梅花已经原姿态风干
我不会时常去看它们
心底却一刻不停地在惦记着

假 牙

十年前为啃一块骨头
我的一颗门牙蹦掉了
好多年我也没去补
我有足够的自信
暴露自己的缺陷

后来这个空着的位置
让满口的牙都不舒服
重要的是
许多风
找到了蹿进我体内的机会

我终于去补牙了
就是装个假牙
身上有个假东西
总像在真人面前说假话
可朋友们看了都说很好
我心里清楚
不是假牙好
是假东西占到了好位置

无序排队

我一直在计划着销毁自己

我这个钢铁水泥建造的人
不反映冷暖血液浑浊肌肉失去弹性的人
大脑被安装了程序控制的人
这样的人，一定得死

我没确定何时死怎样死
因为还有一点未遂的欲念

我这个没看过花开却吃了许多果子的人
这个吃不饱喝不醉说不出真话的人
这个有姓名却不知道列入哪个名册的人
这样的人，不能死

我能看到一朵花专为我开，就死
能吃饱喝醉说出心底话，就死
能被证明血肉里有骨头，就死

那些驱使着我和不喜欢我的家伙们
再等等，我不是一定要先看到你们死

一个人的夜

一个人时
不适合惆怅
不适合听窗外的风抽泣
不适合自己与自己吵架
不适合想酒

心里装着的麻线团让它乱着
泪水走到眼眶边让它停下
勒进肉里的纤绳继续让它勒着
一句骂人的脏话要压在舌头底下

一个人的夜晚
是一朵春天的花
开在寒冬里

夜 风

一阵比一阵冷
像骂人的话一句比一句脏

风吹动枯干的树枝
发出虚张声势的啸叫
风打在墙上
像一群蹬着云梯企图攻城的士兵
更多的时候
风不知吹进了哪里
发出乌鸦的悲鸣

后来又一阵风过来
像一列坦克车队
轰轰隆隆地一次性走过
再后来什么声音都没有了

哦，风猎杀了风
像脏话消灭了脏话

夜行车

在路边闲坐
一束光突然打在身上
我冷了一阵子
哆嗦了一阵子

我看到黑夜
在阻挡这束光
围剿这束光
这束光没做任何抵抗
慌张地夺路逃窜

这束光
袭击我的时候
泼出一层厚厚的霜
而我哆嗦的那阵子
是一把沙子砸到了身上

我对光没有任何好奇
对黑夜也没有
我只是闲坐
恰巧看到了
黑夜对光的一场战斗

涩

我这条烟熏火燎过的身体
尽管黑黢黢灰土土了
也要面对春天
春风不断地掀起我的衣衫
我听到焦炭一样的身体
发出浑浊的呻吟
身体是个不会撒谎的家伙
在这个春天丢尽了我的脸

一只鸟儿扑棱棱飞起来
我认为是一片枯叶被风吹动

早些年，年纪轻
只知道有身体
不知道天下还有春风
现在，春风真的扑面了
我却躲避春风
像在躲避谎言

春天啊
是魔术师障眼的手段
年轻时看不懂
看懂时
已经不相信有春天

另一个我

我知道,还有一个我寄居在体内

我吃香的喝辣的穿新衣睡暖床
另一个我都逍遥体外从不参与
我爱什么恨什么焦虑失眠
都是另一个我干的事

我不喜欢另一个我时,驱不走它
我想和另一个我聊聊,它不现身
有时,它是一棵树
在它的树荫下,我会唱出绿色的歌
有时,它是驯兽师
我偶尔闪出的梦幻光芒
常被它降服成普通的白日之亮

我一定是欠了它很多债
活着,仅是为了把它的债一笔一笔地还清
它天天盯着我,我却看不见它的形色
就这样,我们僵持着形影不离
据说,只有我的肉体到了生命的终点
别人才能把另一个我看清

这个寄居的家伙
是我心底的情人
只能有距离地靠近

我一直在设想
某一天,我的骨头被生活的泥水冲走
另一个我可能会乘隙而逃
那时,我将成为纯粹的肉
单一的我,是会像麻雀一样叽喳地飞
还是像圈养的家禽快乐地奔向别人的餐桌

扬州遇雨

一进扬州,大雨兜头盖脸
街上的人像被强行洗刷的物件
我没有躲避也没用防雨器具
直接走进雨水里

雨水把我浑身浇透
解开了捆绑我的绳索
我的每个汗毛孔都张开嘴呼吸
如果，这场豪雨
再把我的五脏六腑冲洗一遍
让我纤尘不留
我一定能双脚离地，飞起来

有些人淋过扬州的雨，飞起来了
比如李白，杜牧，张若虚
虽然，杜牧总想着"玉人""吹箫"
那也是神仙们向往的事情

我知道，我很难飞起来
身外的俗尘避不开
体内的泥土洗不净
想念心爱的人一定要躲在墙角旮旯

越走进扬州街巷的深处，雨越大
我希望这雨是戒尺或皮鞭
提醒我：即使洗不掉所有俗尘
也要踮着脚，做飞起来的准备

拔 牙

麻药针打过
那两个人就把我的口腔
当作采石场
一阵锯、钻、砸、撬后
大夫问我："疼吗？"
我没有回答
我不会向那些在我
皮肉上动粗的人
说出真情

我的皮肉被麻醉了
神经的感觉更加细微
那"咯噔、咯噔"撬掰我
牙齿的声音
就像野蛮的房屋拆迁
我想：比疾病更残酷的
是用工具制服人的肢体与意志

我的牙拔出来了
口腔里最坚硬的零件被卸掉
可我身体里更坚硬的部分
是任何工具也无法拆除的

风雪中的兰

窗外下着雪
我在案头画兰花
画在纸上
纸就退回到树上去
画到水上
水就退回到山涧里
画到酒杯上
酒就退回到粮食中
我想
要是画在我身上
我会退回到汉代还是唐朝

我想画到太阳上月亮上
让兰花随时都在我头顶
还想画在空气中
可一抬手
雪就落满我的头顶
最后，只能画在我的骨头上
我退回到我

手握铁钉的人走向炉火
——读商震诗集《无序排队》兼论一种写作方向

□ 霍俊明

　　一个常年以编辑诗歌为业的人，终于在时隔十四年之后再次拉开了属于自己的诗歌抽屉。

　　魏晋风度离不开文章、酒和五石散的相互搅拌。如果说商震的诗歌还残留着这个时代少有的"风度"和"气度"的话，那么它们是因何产生的？实际上，商震的诗行里一直横亘着一把钢口绝好的剑，还有硬邦邦的结霜的胫骨。有时候你可能会忽略了它们的存在，但是它们又时不时地以冷飕飕的气息提醒你要小心、要自知。他甚至有时候站在高坡上抖落满怀的坚果，那翻滚不息的不只是坚硬，还有坚硬背后的痛苦。这就是商震，有敬有畏，有爱有恨。甚至在那些亡故的诗人前辈、朋友和亲人那里，他滚烫发烧的文字会让你不知所措。他可以如履薄冰，也可以襟怀入火。他敢于示人，也敢于刺人，更敢于自剖和内视。同时他有时又控制不住，几把滚烫的老泪偶尔滴在朋友身上、滴在亲人怀里、滴在遥远的东北故乡、滴在曾经青春年少的怀想里。

冷热交往，世事无常，诗人何以堪！

　　读完商震今年九月由作家出版社推出的诗集《无序排队》，我一直在想，如果还原为一个形象的画面，这是一个什么样的诗人呢？实际上，最近几年的阅读我更感兴趣的就是通过文本所呈现出来的"诗人形象"。在我看来商震就是那个在寒冷的雪夜走向温暖炉火的人。与其他同时代诗人的不同之处则在于他的手里一直紧握着一把冰冷强硬的铁钉。这些铁钉代表了人世的暗疾、人性的丑恶和尘世的腌臜。这个时代很多的诗人都怀有一种阴冷的戾气，可惜这种戾气也同时对旁人发生了危害性的效力。也就是说与更多的诗人不同的是，商震没有直接将这些"钉子"扔向他人，扔到脚下，抛向天空——那样的话只能伤害更多无辜的人。他能够做到的就是用手掌、用身体、用灵魂去煨暖它们，有朝一日在走近炉火的时候将它们慢慢锤打、熔化，然后淬炼、冷却、改造和转化为对人生和他人的有用之物。商震的诗歌正是有着化冷为热的初衷，甚至有时候会高擎

"我不下地狱谁下地狱"的果敢。

写作诗歌，就是为了找到"还乡"的路。

"还乡"、"栖居"、"诗意"早已经被不明就里的人们用得烂俗了。但是对于商震而言，"还乡"却是来自于骨髓的，是"一滴酸楚的泪"苦熬成盐的过程。这既是地理和血脉的还乡，又是人性本我的还乡。当诗人说出"我是倒退着离开故乡的"时候，这只能是时代的无语症。他的诗歌里经常会出现凛凛的白雪、寒冷中的东北故地和缥缈若无的乡音，而且设置的时间背景不管是出自巧合还是出自于诗人的有意安排，大多都是黑夜。这样，黑夜、白雪和故乡"埋伏着暗火的炭"之间的对话就发生了，而且这种发声简直就是杯盘与杯盘之间的惨烈碰撞。我在商震的这些诗歌里不断听到这种碰撞的炸裂和脆响。有过乡土经验的人知道，一把烧得通红的铁器伸进冷水那一刻意味着什么？

商震是敢于洗"冷水澡"的诗人。

他敢于揭开自己耿耿的隐情，敢于戳破人情世故的窗户纸，他也无奈地在擂响那些世俗的厚厚的"墙壁"。商震的诗有时候就是如此，不避曲直，不隐内情，直来直去。但是这并不意味着他不懂得诗歌在于隐曲内秀，不懂得少即是多，不懂得呈现和表现的平衡，正如商震自己所透析的那样，"波中有伏，直中有曲"，而是说在一部分诗歌那里，诗人的声音是必然来自碰撞的。他敢于不留情面地撕下你的面具，他也敢于摘下神的面具还原人性的初衷——"我想让自己透明"。比如，他对恶人、恶语和恶事的态度，就是他洗"冷水澡"的态度。"每夜都睡在冰上"，你可以吗？记得这部诗集中的两首诗我印象极其深刻，一首是《冷水澡》，一首是《无序排队》。那是一个夜晚，我和商震静静地坐在车的后排。他突然从黑色书包里拿出一个文件袋，从里面抽出来几张白纸。他拧亮顶灯，白纸黑字。车窗外是无尽的黑夜和缓慢挪动的车流。那一刻，我与一个个碰撞炸裂脆响的文字相遇，"我能看到一朵花专为我开，就死／能吃饱喝醉说出心底话，就死／能被证明血肉里有骨头，就死／／那些驱使着我和不喜欢我的家伙们／再等等，我不是一定要先看到你们死"。我那一刻坦诚地对商震说，这些诗太冷硬了，总写这样的诗对你不好。人生和诗歌都需要化解的方式。平心而论，我有时更喜欢那些迂回、弯曲、舒展、技巧讲究甚至诗歌中旁逸斜出的部分。那晚，商震给我的则是沉默和微笑。当这本诗集176首诗全部摆在我面前的时候，这种干冷、疼痛、直接、惨烈、碰撞和爆破式的诗歌实际上只是他写作中的一部分。他的诗歌并不缺乏转换和化用的能力，化大为小、化小为大他都能够驾轻就熟，甚至非常老辣，比如《社会生活》和《一把宝剑》。而我看到的则是文字背后的刺痛和沉重。在一个平淡、日常、琐屑的时代是什么挑动、刺痛了一个诗人的神经？是什么让他冷冷地敲打自己干瘦的身体？是什么让他敢于说不？是什么让他不羞于说出爱？是什么让他一次次在寒冷的挑衅中脱下寒衣站在刺骨的淋浴器前？又是什么支撑他攥着冰冷的铁钉走近炉火？

写作诗歌，就是为了表明你身体的感知和对时间的"态度"。

人不能倒退着回到过去。在商震的诗歌中，不断出现的是那些疼痛的、缺钙的、弯曲的、变形的"身体"。按照诗人自己的说法更可怕，那有时候是"一堆肉"、"纯粹的肉"、"纸糊的躯壳"，有时候是"包子皮"和"肉馅"、是"脱水的竹竿"、是一把渐渐破烂的椅子、是"冬眠的枝干"。诗人敢于把自己置放于时间无情的砧板之上。"我曾想肢解自己的身体"、"我一直在计划着销毁自己"，这需要多大的勇气！无论是他拔牙的神经质般的惊悸，还是写影子、身体与灵魂（"另一个我"）之间的彼此纠结，商震以诗歌的方式还原了身体经验的重要性。实际上很长时期中国的诗歌是不允许说身体和肉体的，因为那会被认为是有损灵魂和崇高的。也就是说，中国的诗人曾经自欺欺人了很多年。没有身体的改变和感知，比如对季节冷暖的体悟，对时间流变中身体变形的疼痛，比如行走过程中身体与历史的交互，比如身体对外物和他人的接触，怎么会有真正的诗歌发生？商震的诗歌则通过诗歌这种话语方式印证了"道成肉身"。我曾经在几年前去陕南的时候亲眼所见两尊菩提肉身，那种强烈的对身体被夯击的感觉至今仍在持续。商震的这些诗是自道、自忖、自嘲、自省。在处理身体经验和生命遭际的时候，商震一直把自己的位置降低，"我皮肉上俗尘太多"、"每次我都矮下身体 / 躲避高处的力量"。甚至，有时他会降低到最细小、最普通事物的层面，比如"也许就是那些摊晒在地上 / 等着蒸发水分脱去毛壳成为 / 粮食的稻粒"。

写作，就是在"界河"说"人话"。这是语言的法度。

　　什么样的诗人看到什么样的世界，"望不出三十米 / 就是别人家的日常生活"。在物化中确认自我，在自我中发现世界，这就是诗人要做的事。而现在很多的诗人都不会说"人话"，往往是借尸还魂，拉虎皮扯大旗。借尸还魂，即利用贩卖来的西方资源用翻译体蒙人，用古人和精神乌托邦自我美化、自我圣洁。而说"人话"就是你的诗应该是可靠的、扎实的，是从你切实的体验、从身体感知、从灵魂深处生长出来的。这样的话，即使你浑身疙疙瘩瘩像榆木脑袋，你也该被尊重，因为那是你最真实的部分。这实际上又回到了上文说到的"诗人形象"。很多诗人那里的美化、洁癖和圣洁，既可疑，又可怕。尤其是你见识了那些诗人在生活和文字中巨大的龃龉和差异的时候，你就如同被强行吃了一口马粪。而说到"界河"，我想说的是诗歌有时候会面临很多临界甚至转捩的当口。比如现实与白日梦之间，生活与远方之间，城市化与农耕情怀之间，亲历与历史想象之间都会形成"界河"的对峙状态。那么，就诗人和诗歌而言，你如何在"界河"用界碑的方式标示自我的位置和话语的存在感呢？就其中一点，比如诗歌的历史意识来说，商震由于工作的原因写下了为数不少的游历诗，涉及地理、古迹（很多是钢筋水泥伪造的仿品）、历史、名人等等。看看当下很多的诗人都在地理的快速移动中写出了旅游诗和拙劣的怀古诗。高速前进时代的诗人生活不仅与古代的游历、行走不可同日而语，而且就诗歌的历史对话性而言也往往是虚妄徒劳的。速度并不能超越一切，正如商震所说"泰山太高大、太壮阔 / 从它脚下走过的事物 / 无论怎样加足马力 / 也是刚解冻的羞涩的小溪"。日本的柄谷行人被中国评论界津津乐道的是他对现代性"风景的发现"，而商震也在努力发现属于自我、属于这个时代的"风景"——"一艘船经过，一声低沉的船鸣 / 平面的夜陡然起立 / 我的心瞬间收紧，吸满凉气 / 我怕这远播的船笛把两岸的尘土扬起 / 怕这电子的声音 / 惊醒在这儿睡了一千多年的谢灵运 / 怕谢先生醒来后放弃闲适而变得激越"。我对商震诗歌里的"风景"深有同感。今年的十月中旬，秋风渐起的时候我独自一人站在江心屿和楠溪江，看着不息的江流我竟然在一瞬间不知今夕何夕。千年的江水和崭新的大楼同时出现在我们的面前，这就是生活。商震在那些迅速转换的地理和历史背景中时时提醒自己和当代人牢记的是，你看不清自己踩着的这片土地，不呼吸当下有些雾霾的空气，不说当下体味最深的话，你有什么理由和权利去凭空抒写历史，以何感兴又何以游目骋怀、思接千载、发思古之幽情？正如他站在司空图写作《诗品》且绝食守节的永济王官峪，捡起一块带泥的石头在溪水里洗净，进一步追问和质疑的则是"我甚至想，我捡的那块石头／若在山外洗／也一定洗不干净"。诗人，还是老老实实、踏踏实实地把文字揣在自己怀里，继续说"人话"为好。

写作，对于尘世里摸爬滚打的人来说就是"压榨自我"、"自我清洗"。

　　商震是敢于自我压榨、自我暴露和自我清洗的诗人，"尘土一层一层地落满我的周身"，"我不能／消灭任何一粒尘土／但　我也要拿起干净的抹布／表明我的态度"。商震的诗是"成人之诗"，但是他又时时以另一种"真"来予诗歌以自身的完善。在《我没资格唱童谣》等诗中，精神成人与童真志趣之间处于不断的盘诘之中。在《劣根》等诗中我甚至一次次听到了他在黑夜用语言的铁锤敲打自己骨头的裂响，看到他的血管扩张和灵魂撕裂的声音。我甚至看到他用词语的吊索把自己吊起来反复查看的场景。这样产生的是真实的诗。真人、真诗、真性情，在当下的写作生态中算是比较少见了。进一步说，这不是一个自我美化、自我伪饰、自我高蹈、自我加冕的诗人。商震诗歌里不断有雨水和大雪在黑夜里落下。显然，这是时间给诗歌带来的自我清洗，"我希望这雨是戒尺或皮鞭／提醒我：即使洗不掉所有俗尘／也要踮着脚，做飞起来的准备"。如果不清洗，那日益劳损的沾满人世灰尘的皮囊该如何接纳那颗灵魂的跳动？可贵的是，商震在诗歌中不只是自我清洗，那样的话诗歌的"精神洁癖"就会遭致诗歌的窄化和道德化，而且还不断自我暴露。如果浑身干净，何须清洗？这需要的就是勇气。这也是一种自我确认的方式。不拔掉自己身上的芒刺，不去除那些日渐溃烂的疤痕，你就不必去向别人炫耀自己的种种"伟大"和可人之处。六祖慧能的那句最经典的话很少有人能够用行为的方式去悟透，这样在诗人那里更多的时候就只能通过语言来完成了。甚至对于更多的人来说神秀的话已经足够了，"愿将勤拂拭，勿使惹尘埃"。敢于自我祛魅谈何容易！但是，商震做到了。

　　这个手里紧握铁钉走向炉火的诗人曾经提醒我们：月光无法解决大地的黑暗，点灯也不能解决大地的黑暗。他给出的答案是——只有语言能够解决大地的黑暗。

　　是的，那些冷冷的铁钉距离滚烫的炉火越来越近了。[Z]

外国诗歌
FOREIGN POETRY

啊,孩子,
你的空腹就像狮子的巢穴,
白天,黑夜都在吼叫。

——《饥饿人的脸》

非洲诗选

□ 周国勇　张　鹤 译

非洲天堂

（加纳）F·帕克思

请赐予我黑色灵魂。
黑色的，
或巧克力的棕色，
或者灰土的颜色，
像灰土一样，
比沙砾黄得多。
但如果可以的话，
让灵魂保持黑色，
黑色灵魂。

请赐予我非洲鼓，
三个或者四个，
黑色的鼓。
蒙有风尘黑色的
木鼓——
绷着干燥的羊皮。
但，如果您愿意，
让鼓敲响，
"蓬蓬"敲响，
时而震天动地，
时而低回轻奏，
响一些，
再响一些，
轻一些，
再轻一些。
让鼓敲响。
让系着蓝色的珠串的葫芦，
应和伴唱，

时而奔放、恣肆，
时而从容、和谐。
让葫芦随着鼓的音调伴唱。
让木棒敲击铁罐
与鼓点、葫芦合唱：
"铿顿锵铿铿"。
请赐予我歌喉：
普通的嗓音，
鬼神的嗓音，
女人的高音，
男人的宽宏低音。
（还有新生儿的号哭？）

请让舞蹈者光临，
宽肩膀的黑人，
光脚踩踏土地，
半裸的女人，
前后晃动。
在完美的节奏里，
按着达姆达姆的鼓点，
按着铿锵的鼓击乐，
按着鬼神的嗓音，
歌唱，
放声歌唱！
且让夕阳在上空临照，
青青的棕榈在周围摇曳，
再摆上新宰的家禽，
丰盛的红薯。

呵，亲爱的上苍，
如果有空闲的地方，
请允许
观众入场——

黑人、白人
均请光临。

让观众入场,
让他们观赏:
滴血的空禽,
红薯,
棕榈,
还有欢舞的鬼神。
奥多罗考马——我的乐神,
请让观众入场!
请他们聆听:
我们的民歌,
铁罐的敲击乐,
蓝色珠串的音调,
还有那恢宏的鼓点。

特维雷邦——我的爱神,
请求您让观众入场!
让他们沐浴
带着芬芳的夕阳,
沉醉在我们可爱的
　　非洲天堂!

在非洲的海滨
(塞拉利昂) A·尼考尔

我站在这里——
镶着白色花缘的世界边缘:
我的心如大海般浩瀚。
任你金灿灿的阳光,
洗浴我健壮的褐色的身躯。

在我黄色的脚掌下,
我感到你的金色沙砾在沙沙发响。
倘若我失去了这可靠的依托,
倘若这蔚蓝的大海将你的一切席卷,
在月亮的潮汐旁,
我该何等孤单。

也许我将你想得过好或过坏,
然而在这里面汹涌澎湃,
时而涓涓缓流的潮汐之间,

我难以组成一个统一和谐的印象。

可当我怀着爱,
再一次面对你——非洲,
从那飘渺的水平线转过身来,
你那青青的群山会使我,
心满意足。

在你面前
(塞内加尔) D·迪奥普

在你的面前,我又发现我的名字——
淹没在离别的痛苦中的名字。
我又发现那双不现迷茫的眼睛,
你的笑像穿破阴影的火焰,
向我显示出非洲的形象。
(昨天还深埋于积雪之下)
我的爱,十年了,
那充满幻想纷乱思绪的日日夜夜,
那为酒精折磨的不安宁的睡眠,
那使得今天格外沉重的苦难,
那对明天的渴念,
那被抛入无涯的江河的爱。
在你的面前,我又重现了血的回忆。
笑声像项链围绕我们的年华,
我们的年华迸发出新的欢愉。

献给一位黑色舞蹈家
(塞内加尔) D·迪奥普

黑女子啊——我的非洲的
温暖的传说,
我的神秘的土地,理智的硕果。
你就是舞蹈。
你的舞蹈洋溢着你明快的笑声,
你的舞蹈显示着你健美的前胸,
与神奇的力量。
你就是舞蹈。
你的舞蹈诉说着新婚之夜的金色故事,
你的舞蹈激荡着崭新的韵律,
有力的节奏。
黑女子啊——梦幻与星星的凯歌之再现,

你就是旋转的舞蹈。
你以腰肢的神力，展开了新的世界。
你就是舞蹈。
我的周围燃烧着神话，
我的周围燃烧着虚妄的学问。
在你舞步的天国里，
腾起一片片欢乐的烈火。
你就是舞蹈。
在你冲天的火焰里，
焚烧伪善的群神。
你是先知的面容——
他在树神前贡献了自己的童贞。
你是包容一切的意念，上古久远的声音，
骤然驱散了我们的恐惧。
你是语言，迸发在
忘却海岸的光的细雨之中。

夜

（安哥拉）A·内图

我生活
在世界的黑暗角落
没有生命，没有灯火

渴望生活
我在街头徜徉
摸索自己的路
陷入了无形的梦幻
跟跄地跌进奴役的网
黑暗的角落
廉耻的世界
那里，意志被磨弱
人为了物质的欲望
迷迷茫茫

我走着，蹒跚地走着
穿过没有光明的
未名的街
充满神秘恐怖的街
我与幽灵并肩而行
这又黑又浓的夜色……

雨

（几内亚）N·哈里

西风摇动树叶
树叶片片飘零
不幸的非洲
苦难的心
受创伤的心

酷热的太阳焚烧着草原
草原对丰收关闭了大门
被盗窃的收成在粮仓沉睡
哦，饥饿的非洲

一阵阵狂风
破裂的心死一般的沉静
毒日炙烤着皮肤
大草原尽是荆棘
我阴沉的心在流血

看吧，此刻正下着秋雨
雨水冲断道路
泥泞得叫我举步艰难
迟疑的脚步把我引向何方
何时才能返回故乡

黑檀似的面颊上雨水已净
迎着新生婴儿的啼哭
大海又挺起丰满的胸脯
让风儿在雨中与绿叶一起歌唱吧
我的太阳
将把眼泪擦干

饥饿人的脸

（南非）M·姆特夏里

我数着——
他手风琴般的胸脯上的肋骨，
仿佛是雕塑家以其饥饿之手，
刻就这嶙峋的瘦骨。

他张望着,闪着发亮的眸子,
只看见似天高的货架,放着甜面包;
灰色的皮肤干燥、紧绷,
犹如医生戴着的手套。

他的舌头,时而伸出时而卷缩,
好比一条石龙子
将一簇蝇子捕捉。

啊,孩子,
你的空腹就像狮子的巢穴,
白天,黑夜都在吼叫。

我听见黑色的历史在歌唱
(几内亚比绍) 米德莱赛

城市的灯火在我心头掠过,
但它们的闪光并没有穿透我的心房,
我心灵里仍保持黑色的深度。
我听见黑色的历史在歌唱

我听见血液在奔流,
听见监视黑奴的白鬼,
将皮鞭甩响一千回,
他眼里闪着火星,嗓门如闷雷。

我们是沉沉黑夜的儿子。
哦,黑夜,被不寻常的疾呼
撕裂扯碎——
几百年压抑的愤怒
如今化为殷红的鲜血汩汩。

哦,奇异的世态,
哦,城镇的灯光。
你的光明不与我为伴,
在我心灵深处,黑色的大鼓咚咚作响。
我听见黑色的历史在歌唱

诗一首
(莫桑比克) J·莱贝罗

来吧,兄弟,
告诉我你的经历。
来——指给你身上
敌人留给叛逆者的创伤。

来吧,对我说:"这里
我的双手受过伤,
因为它们保卫了
自己的土地、家乡。"

"这里我的身体备受折磨,
因为它拒绝向入侵者屈膝投降。"

"这里我的嘴受过伤,
因为它敢于高唱
祖国人民的自由。"

来吧,兄弟,
告诉我你的经历。
告诉我叛逆者的梦想,
你,你的父亲,祖祖辈辈
在没有阴影幽美可爱的夜晚,
默默地冥思遐想。

来吧,告诉我,这些梦想化为
反抗,
造就了英雄,
夺回了土地村庄。
无畏的母亲,
送儿郎去战斗。

来,告诉我这一切,
我的兄弟。

然后,我将这一切锤炼成简洁的话语,
让孩子们都能理解的话语。
像风一般,吹入每家每户的窗。
像通红的热的火炭,

投入我们人民的灵魂上。

在我们的大地，
枪弹正将花朵催放。

呵，大地
（马里）S·西索科

呵，大地
我将他们——我兄弟的遗体
安放在你温柔的胸脯上
在那瀑布冲刷崖脚的地方
请保护他们
呵，大地
在你的黏土层中保护
我兄弟的遗骨

我将在夜晚
经常去那里悼念
在梦幻的考拉斯琴上
我的心奏起急速的和弦

而有朝一日，自由的风
在我身后吹拂
在你的群山、沙丘
你的河流、平原吹拂
呵，大地
让自由的风
轻轻摇晃着
我的兄弟——
肉体受到摧残的英雄
他们死去了
而自由得以永生

辞　行
（安哥拉）A·内图

我的母亲
（呵，与骨肉分离的黑母亲）
你教我等待，教我期望

像你在那次灾难之日那样

但在我的心中
生活已将神秘的希望扑灭

我不再等待
因为，我恰恰是人们翘首以待的人

希望就是我们自己
你的孩子们
正走向信仰——充实
生命的信仰

我们——荒野里光屁股的孩子
上不起学，玩着破布扎的球
正午的原野
我们在咖啡园里
燃烧自己的生命
冷漠的黑汉子
必须敬畏白人、富人
我们是你土生土长的孩子
电力永远通不到这里
人们酗酒垂死
被死神的鼓乐的节奏所遗弃
你的孩子们
有的挨饿
有的干渴
有的羞于叫你妈妈
有的不敢穿越马路
有的害怕见人

只有我们自己
才是复苏生命的希望

钢琴与羊皮鼓
（尼日利亚）G·奥卡拉

河边，破晓时分，
我听见丛林的羊皮鼓敲响
神秘的节奏，忽切，犷放
如流血的肉体，诉说
萌动的青春及万物之起源。

我看见——
黑豹躬身欲扑，
花豹怒吼腾跃，
猎人们蹲伏着，手中长矛瞄准前方。

我的热血泛起涟漪，化为急流
冲击着岁月
忽而我又回到母亲的怀里吮吸着，
忽而我又沿着小路徜徉。
小路呵，质朴、坎坷，
没有时髦的装饰、摆设
却散发着脚步匆匆的余温，
绿叶与野花丛中，
搏动着一颗颗求索的心。
蓦然，我听到抽泣似的钢琴独奏，
眼泪灌注的协奏曲，
述说着路途的迷茫，
述说着土地的遥远，
陌生的地平线，
带着充满诱惑感的渐弱、渐强及
配合旋律，却陷入
复杂的迷宫，
中止于乐章的片断中。

在河边，破晓时分，
我迷失于一个时代的晨雾里，
徘徊在丛林羊皮鼓的神秘节奏
与钢琴协奏曲之间。

明天的节奏已经响起

（喀麦隆）S·迪波科

明天的节奏已经响起，
在长河那边的山峦。

虽然，我们会消失，如同风穿过
对峙的巢窠。
我们一定会回来，
就像鸟儿来来往往。

你记得那又圆又大的月亮吗？
碗一般的花朵从云间绽开，

云层像一片黑茫茫的原野，
展现在我们面前。

在伊赛莱
忍饥挨饿的抽泣被淹没，
我们的呼吸与群山的声息融汇一起，
我们在时间的柔软的边际，
驰骋我们的话语，犹如风筝。

傍晚，新的春天诞生，
当天空以新月形的紫丁香的晕轮
给至亲至爱者戴上冠冕。

非洲雷雨

（马拉维）D·卢巴迪里

从西方
云伴着风急骤而来，
翻卷
汹涌
向四处扩散。
就像铺天盖地的蝗虫，
旋转着，
上下翻飞、扑腾，
仿佛是狂人在捕风捉影。

孕育生命力的云朵，
犹如傲慢的骑士策马奔驰；
继而又汇聚、簇拥在山峦，
好似展开了一张张阴沉沉的羽翼。
风神呼啸而去，
一棵棵树纷纷折腰、让路。

村落里，
孩子们欢快的呼喊，
在旋风的鼓噪中，
起伏回荡。
妇女们！
背着婴孩
里里外外地忙，
如痴如狂。
风神呼啸而去，

一棵棵树纷纷折腰、让路。

衣服如破碎的旗帜,
飘飞,
露出下垂的乳房。
锯齿形的闪电令人目眩,
在炊烟的含糊气味里,
在暴风雨的迅猛挺进中,
震颤、爆裂,轰隆隆地回响。

风的精灵
（尼日利亚）G·奥卡拉

飞来了,一群鹳鸟飞来,
在沉沉的天空闪着白色的亮点。
它们曾去北方寻觅,
更美好的气候安置自己的家园。
那时候,这里正是阴雨连绵。

现在它们回来了,与我做伴。
啊,风的精灵,
跨越了众神的禁锢之手,
它们向北、向西、向东,
任意飞翔。

而我却被众神所限,
坐在这块石头上面
观看它们
从日出日落,充满活力,
穿梭般往返。

于是,一方红红的池塘波动起来,
每一圈涟漪都是天性的呼喊,
每一百万个细胞内涵的渴念。

呵,众神之神,
难道我心中的鹳囚禁在
长发和黑肤里面,
就不能领受祈祷钟,
在正午、傍晚的召唤?

落　日
（肯尼亚）A·卡萨姆

暖烘烘的气息
在荡漾
落日穿过
绿叶和花丛
散发芳香
留下了行踪
好像是在
窥测的目光监视下
它
将火的鬃毛
埋藏在
脚爪的阴影中
闪着血红的眼神
它悄悄隐入
草丛

鸟儿
惊慌地
叽叽喳喳齐鸣
捕猎者
来了
来占领
黑夜的大本营

补　网
（加纳）K·布鲁

他们用网捕捉了八面来风,
带回家一个丰裕的季节。
那些补网的无形之手,
抚摸着大海的日日夜夜。

网线折断,脱落之处,
是鱼儿饱食的年头。
这儿是捕风的圈套,
那儿是丰裕的门户。

是时候了，在蔚蓝的天空收获，
野茫茫的水天，川流着黑条纹的青鱼，
他们前额的皱纹中闪现鱼影。
现在他们得补网了，
微风正轻轻摇响椰树。

他们父辈的英魂就在椰树上，
英魂的手指在网线上轻奏冥想曲。

鼓

（坦桑尼亚）Y·卡萨姆

赤足。红土。
鼓声咚咚，
飞出节奏，
肌肉与鼓点和着节拍。
全身大汗淋漓，
充溢着力量，
在摇曳的篝火边闪闪发光。
黑夜是漫长的，
鼓声分外激越，
变化着如痴如醉的表情。
脉搏跳到了鼓点的前面。
鼓声振奋着跳舞的人们，
舞蹈者又使鼓手豪兴满怀。
热情消歇。
气氛平静。
擦一擦尘土与汗水。
但是脉搏仍在急促跳动，
肌肉还绷得紧紧，
鼓声萦回耳际，
万籁溶入漫天飘飞的韵律，
啊！非洲的节奏！

我请求你

（乌干达）L·埃拉普

我请求你
不要让我现在就知道
如果你感到对我的爱恋
当我如此强烈地将你思念
请你等着，等到你征服了我的骄矜
佯装不理睬我

我请求你
不要这么热切地看着我
如果你以为你的眼睛会使你淡忘
当你深知那目光会催促时光
请你等着，等到我们两颗心宁静
然后将你的头伏在我的肩上

我请求你
不要屈从于感情的冲动
等到我们的爱萌生
让我们稍稍安定，向后看
让我们分开，叹息
让我们背对背
让我们暂且分手
各走各的路程
不必犹豫空等
聆听我们最后话别的回声

我请求你
如果你发现
你在我的怀抱里
吻我，使我沉默不语
我还未许下诺言
时间也许会选择虚度
请你等着，等到我们的爱将生命主宰
然后向我伸出手来

归 来

（安哥拉） A·桑托斯

一面面无色的旗帜，
在风中摇曳。

一辆卡车奔驰向前，
歌声在唱，
——唱归家的男子汉。

洪亮的歌声传向远方，
传向星星点点的茅屋，
那里，母亲们正在翘望。

旗帜——渴望的旗帜，
在风里摇曳。

飘落的歌声追寻，
那铺着苇席的地板，
离别的歌犹如
街上的尘土飞散。
摇曳着，摇曳着，
无色的旗帜激荡起多少渴念。

在一个个小镇里，
新生儿的啼哭正在响起。

愁思在心中荡漾

（坦桑尼亚） R·夏巴尼

你该知道我的景况，
我瘦了，像根绳索那样！
仿佛连气也透不过来，
吃不下呵，睡不香。
爱情将我折磨，
愁思在心中荡漾。

你该知道我的景况，
我瘦了，像根绳索那样！
不进食呵，不祈祷，
坐立不安空惆怅。
爱情将我折磨，
愁思在心中荡漾。

鸿雁不至呵，
又平添一段愁肠。
不得安寝呵，
整整一月望天亮。
爱情将我折磨，
愁思在心中荡漾。

没有了你，我的爱人，
我怎能欢心、开朗？
你也分明知道，
我心绪茫茫，肠断神伤。
爱情将我折磨，
愁思在心中荡漾。

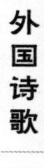

新诗经典
CLASSIC NEW POETRY

LI YING
李瑛

〔1926— 〕

　　河北丰润人，生于辽宁锦州。1945年考入北京大学文学院中文系，边读书边从事进步学生运动。毕业后参加中国人民解放军，历任部队文艺刊物主编，解放军文艺出版社总编辑、社长，总政文化部部长等职。1956年加入中国作家协会，历任中国作家协会理事及主席团委员、中国文艺界联合会副主席等职。

　　1942年开始发表作品，先后出版长短诗集和诗论集约六十种。2010年，中国文联出版社出版了《李瑛诗文总集》14卷。所出诗集单行本获第一、二届全国优秀诗集奖一等奖、首届鲁迅文学奖、"五个一"工程奖暨全国优秀图书奖等多种奖项。

李瑛诗选

献 花

一个志愿军战士的坟墓,
隆起在靠山的路旁,
掩埋这战士的仿佛不是黄土,
而是一层层花的波浪。

这坟墓长年被花草遮掩,
这坟墓四季散发着清香;
春风拂拂,花儿迎风飘动,
大雪纷纷,花儿冒雪开放。

哪里来的这样多的花朵?
还开得那么多种多样,
哪里来这样好的花种?
一年四季永不凋黄!

这儿是一条僻静的山谷路,
这儿天天走着一位小姑娘;
她上学去,把采来的花献上一把,
她放学后,又把刚摘的花重新换上。

她不知道这牺牲者的名字,
也不晓得他倒下的年月和地方;
但她知道他是一位志愿军战士,
他献出生命正是为了她的解放。

你也不必问这孩子的名字,
她是一个普通的朝鲜姑娘;
你看她虔诚地把花捧在胸前,
那花儿就像采自她纯真的心上。

静悄悄的海上

静悄悄的海上,
一张帆在远行,
在那遥远的水天尽头,
仍然有我们的岛、我们的城。

帆在海的光洁的胸脯上滑着,
太远了,看不见动——
像南方中午堤边的蝴蝶,
那样静、那样轻。

月夜潜听

满月推起海的大潮,
满月照得大地透明;
巡逻组长说:"今夜月圆,注意潜听!"

月亮,不要照出我的影子,
风,不要出声;
祖国睡去了,枕着大海的涛声……

我们出发,伴满海明月,
我们出发,披一天繁星;

警觉的夜像万弦绷紧,
刺刀上写着战士的忠诚!

轻轻,再轻轻,
躲开月光,沿低谷潜行;
三块岩石,却有三双耳朵,
三簇野草,却有三双眼睛。
亲爱的家乡,亲爱的祖国,多少神圣的命令藏在
　　我心中;
就是这最大的信任和叮嘱,
为我们遮住了暴雨狂风!

远村传来鸡叫,回营吧,
不要告诉炊烟,不要告诉风。
边境好恬静,但要警惕,
夜是肌肉,我们是神经!

戈壁日出

尖峭的冷风遁去,
荒原便沉淀下茫茫戈壁;
我们在拂晓骑马远行,
多么渴望一点颜色,一点温煦。

忽然地平线上喷出一道云霞,
淡青、橙黄、橘红、绀紫,
像褐色的荒碛滩头,
委弃着一片雉鸡的翎羽。

太阳醒来了——
它双手支撑大地,昂然站起,窥视一眼凝固的大
　　海,
便拉长了我们的影子。

我们匆匆地策马前行,
迎着壮丽的一轮旭日,
哈,仿佛只需再走几步,
就要撞进它的怀里。

忽然,它好像暴怒起来,
一下子从马头前跳上我们的背脊,
接着便抛一把火给冰冷的荒滩,
然后又投出十万金矢……

于是一片燥热的尘烟,
顿时便从戈壁腾起,
干旱熏烤得人喘马嘶,
几小时便经历了四季。

从哪里飞来一片歌声,
雄浑得撼动戈壁?
是我们拜访的勘测队员正迎面走来:
"呵,只有我们最懂得战斗的美丽……"

汽车远去了

汽车远去了,
丢给我们一包邮件;
看文书飞呀跑呀,
背回来一袋子喜欢。

你的信带来家乡的草味,
他的信掠过水乡的帆;
一个个读呀念呀,
战友间还有什么秘密需要隐瞒!

这边,还有成包成包的书籍,
那边,还有成捆成捆的报卷,
谁还管这新闻已经过时,
听高声的朗读吵醒了荒滩。

呵,这轻轻的一张报纸呵,
带多少喜讯飞越万里河山;
这薄薄的一页信笺呵,
带多少温暖给战士御寒!

不要说戈壁漠漠没有一条路,
从四方扯来无数道深情的线,
是嘱托、是期望织成的信念,
擦亮了我们的刺刀尖。

汽车远去了,
丢下一道尘土,一袋邮件,
丢下一排沸腾的地窝子,
搅动了偌大的荒滩……

密西西比河暮歌

橘红、淡紫、浅青、赭黄，
火，燃烧着失事的太阳，
终于，终于没入了滔滔浊浪。

沉甸甸的密西西比的十月，
余烬闪耀，暮色苍茫，
暗了，长天；浓了，草香。

归鸟疲倦的翅膀，
覆盖着多少铿锵的交响——
纺织娘的丝弦，金铃子的铃铛。

朦胧中，一长串一长串的拖船缓缓滑过，
木材，煤炭，小儿女的梦，
赤臂水手粗犷的歌唱……

夜来了，浩浩荡荡，浩浩荡荡，
谁也不知道它从哪里涌来，什么时候来的，
淹没这一切便去睡了，钻进了船舱……

长江夕照

从上游流下来，
九千年，荒滩草莽，
流下来，滔滔阔浪，
九千年，风吹倾了
群山，吹倾了
低飞的孤鹜的翅膀，
没入苍茫。

当漩流
卷过水手隆起的肌腱和胸膛，
粼粼碎金
闪烁在酒杯里，
一切都疲倦了，
除去浪，
都找到了自己过夜的眠床。

该有一盏灯，照耀

上游——下游，
九千年，天海泱泱；
大地也微微颤动了——
多么凝重壮阔的主题和
雄浑辉煌的思想！

在江天尽头，
一个民族的一滴精壮的血，
滴进了长江。

寄居蟹

来到退潮后的沙滩上
所有的寄居蟹
惊慌地纷纷隐匿
却有一只走过来
仰着脸和我私语
在充满掠夺的世界
称呼虾或者蟹并不重要
我只想用身体
向你诠释一个定义
屈辱地活着并不难
正直地活着却不易
单靠躲避不够
必须准备自己的钳子
是的，有什么比这只巨大的钳子更重要
生活就是这样残酷与真实

睡　莲

从慵懒开始
从娇羞开始
静静地睡在水的眠床上
怀满腔温柔和纯情

是一个眯着眼的形象符号
是一副甜甜的笑容
太多的思绪酝酿成梦
太多的梦描绘人生

小心，不要把它惊醒
轻轻，切莫出声

否则，它忽然睁大眼睛站起来
失去它生命里全部的美
世界将因此大哭失声

车队向前

蜿蜒，起伏，
一条线
穿过荒滩、戈壁、永冻层和雪山
没有花，没有红柳，没有人烟
只有一只鹰、一群牦牛、一堆经幡、一支车队
向前

蜿蜒，起伏，
一条线
穿过荒滩、戈壁、永冻层和雪山
没有花，没有红柳，没有人烟，没有鹰
只一群牦牛、一堆经幡、一支车队
向前

蜿蜒，起伏，
一条线
穿过永冻层和雪山
没有花，没有红柳，没有人烟，没有鹰，没有牦牛
只一堆经幡、一支车队
向前

蜿蜒，起伏，
一条线
穿过雪山
没有花，没有红柳，没有人烟，没有鹰，没有牦牛
没有经幡
只一支车队
向前

只一支车队
辗着自己的影子
越过鹰的骸骨、牦牛的弯角、玛尼堆上拂动的经幡
　　　穿过死亡，闪亮
　　　　　在透明的空间

我的另一个祖国

难道这就是我的祖国

大地尽头的最后一座村庄
犹如一堆风卷的枯叶
犹如史前部落的遗址
遥远却又很近
生活中直线的心电图和低血色素
把跃动的生命全部埋葬了
没有什么比这更真实

低矮的茅顶倚着坍塌的土墙
一户户相拥相挤的苦人家
家家传递的都是愁苦
日子沉重得像石头
贫穷和哑默深不可测
没有什么比这更死寂
如果不是从墙缝冒出呛人的柴烟
如果不是有狗在门前走过
如果不是墙角开着一株瘦弱的葵花
谁也不相信这是一座村庄
千年也割不断和贫困相连的脐带
没有什么比这更凄惶

走进一间黑洞洞的茅屋
一个老人独对一堆火的余烬
苦涩中,两只浑浊的眼睛
用逼人的力量拷问我
你是谁？我的心被刺穿
没有什么比这更严酷

我俯身握着他干树皮般的手
泪,扑簌簌滴在死灰上
我的心燃烧起来
我的理智却结成了冰
没有什么比这更痛苦

跨出门,忽听一片孩子的读书声
嫩绿得滴水的童声
比阳光更明亮
从哪个缝隙传来

穿透这里全部的
死寂、凄惶、严酷和痛苦
把四周的山都震动了

我窒息的肺和猝死的心脏
突然醒来,看见
他们生命的高度
远远超过乌蒙山
明天,他们踮起脚
就会看见山外辽阔的世界
没有什么比这更真实

我的艰辛中成长的祖国呵!

最后一棵胡杨

当仅有的一滴水星
经过庞大根系,流进
一条纤细的叶脉
最后一棵胡杨的心脏
便停止了跳动
和叶脉相连的我的血管
感到了这一点

但它仍然庄严地站着
落净叶子的枝杈
仍疏朗地站着
被风沙摧残的
粗糙的皮和浑身撕裂的伤口
仍然站着
它凄苦的经历、记忆和梦
仍然站着
一种倔强精神
仍然站着
让人思考生命的意义和价值

请不要为它哭泣
它以不屈的形象支撑着
地球旋转的轴
山的根和
人的脊骨
它的痛苦照亮了世界的道路

镜　子

它纯净如水
只有当你看它时
它才有真实的内容
它深情地望着你
用不着把瞳仁扎进水底
就会证实
它对你的虚实光影
没有丝毫扭曲和欺骗
你看它一次
它衰老一次
你信任它
它便尊重你
甚至牵着你的血肉和骨头
甚至了解你的欢乐和痛苦
从灵魂到肉体

在我们的生活中
应该学会和它对话
因为学会坦诚比伪饰
要困难许多

一个城市的血

阳光
从十五层高的脚手架上
泻下来，穿过安全网
瀑布般喧响

一个年轻壮工
从十五层高的脚手架上
坠下来
劣质的安全网欺骗了他

一个十八岁活泼的生命砸下来
雄心勃勃的大楼颤动了一下
本来，它就是他身体的一部分
本来，他的生命应高过楼体

三十分钟前，他还念叨

收工后要给妈妈寄药
二十分钟前，他的血
就凝固在工地瓦砾上
十分钟前，谁拉来一个
装水泥的纸袋子
盖在他扭曲的脸上
不让人看见

风，用一千只手
猛烈地抽打着
断裂的网绳
动荡在我们生活的头顶

变　异

谁曾经说过
由野兽变成人
需经过亿万斯年
而由人变成野兽
可以只需瞬间

活泼的生命值得崇敬
但我曾见过
荣誉、财富和情欲搅动的
疯狂的舌头
纵火的眼睛

我们没有不灭的灵魂
我们得不到一个死后的生命

这是可怕的
可怕的却是真实的

关于死亡

是三个黑夜的总和
是钟表的记忆，水的回声
没有什么比它更永恒

也许是宇宙中最重要的物质
也许是拯救，是谜
或什么也不是，像破碎的梦

却有乐曲的休止符认识它
却有生命史的句号认识它
没有影子，如吹过的风

所有的门都关闭了
只留下一片巨大的寂静
黑色，等于零

哦，海的潮汐，月的盈亏
万载须臾间交替着死生
须知：有的很重，有的很轻

野豆荚

这地方的名字被风刮跑了，它
是马刀剑戟进出的火星的地方
是石子奔跑沙砾尖叫的地方
没有秋天的荒滩

斑驳的杂草丛中
竟有一棵野豆荚
褐色的草梗挑着三只
小小的毛茸茸的扁豆荚
一只是孤独
一只是死寂
一只是渴望
在地平线上瑟瑟颤动
它心头的秘密没有人知道
它怎样挣扎长大的没有人知道
泪滴和乳汁般的小豆子

给荒滩一缕成熟的气息
像苦命的惹人怜爱的小乳房
像轻轻摇响的小铃铛
坚守着自己的爱和生命的尊严
绝不轻易让风打开
直到秋天在枝头复活

到这里寻梦的人
把这苍茫大野的小豆子
带走吧，带走吧
冬天，它会酿出一坛酒
春天，它会酿出一曲歌

我们用什么哺育诗歌

用血里的铁锻打钉子
用骨头里的磷点燃油盏
用钉子和油盏
建造诗歌
当然，还要有一把苦荞米粥喂养
还须搅拌泪的辛酸、汗的盐碱
必要时，还须跑回过去的岁月
把丢失的声音找回来
当然，更须让它睁大眼睛
瞩望未来

否则，它们只能是废铁和石头
如果能把我们的诗酿成
一滴蜜、一束光或一团火
就可以以它建设新生活和
尊严的城市

鲜明的意象与精美的语言
——李瑛新诗导读

□ 段亚鑫

人们往往将李瑛的名字，和洋溢着崇高革命理想、爱国主义情怀与奉献精神的军旅诗歌相联系，这种现象与他独特而又丰富的军人生涯是密不可分的。血与火的战场激发了李瑛创作的灵感，让他写下了诸如《野战诗集》（1951）、《战场上的节日》（1952）、《寄自海防前线的诗》（1959）、《静静的哨所》（1963）、《在燃烧的战场》（1980）等众多脍炙人口的军旅诗集，让他获得了"军旅诗人"的美誉，并且使他与贺敬之、郭小川、李季、闻捷等诗人齐名，共同成为记录那段"激情燃烧岁月"的声音。进入新时期以来，诗人自觉地进行多元化的尝试，在诗歌的内容和艺术形式上都进行了更加深入的探索，这些诗篇中既有对祖国大好河山的书写与赞美，如《峡江情思》（1984）、《晋西北印象》（1989）、《唐古拉山口雕像赞》（1994）、《雁门关寻古》（2004）；也有充满异域风情的篇章，如《在惠特曼诗作手稿前》、《密西西比河暮歌》（1982）、《在濑户内海边听歌》（1992）、《尼罗河》、《金字塔》（1994）、《雨后哈瓦那》（1996）；也有诗歌抒发个人的真挚情感，表达对亲人、妻子和友人的爱，读过之后令人动容，如《怀念远方的朋友》（1994）、《悼》、《母亲的遗像》（2003）、《我最初的爱情》（2008）；有些诗歌中包含着一种哲理性的思辨，诗人试图用自己饱经沧桑的目光再次审视世界与人生，正如评论界所言，这些诗歌出现了"向内转"的趋势，如《我的另一个祖国》（1997）、《我的生命里有许多这样的东西》（1999）、《和梦的对话》（2006）、《死亡给予生命的五分钟》（2009）等诗歌中无不表现出一个老者的智慧。由此可见，李瑛的诗歌创作不单局限于军旅题材，也具有广泛性与深刻性的特点，更难能可贵的是，他仍在不断地探索着诗艺，过去的篇章只是他的新起点，正如诗人自己所言"多么幸运，我得以欣逢盛世，真该感谢时代，感谢我们的人民以自由活泼的思想，以智慧和汗水照耀着这个意识崛起的年代，感谢不断发生的每一天丰富多彩的生活给予我的激励和启示。我当以它作为自己创作的新起点，继续前进"（《李瑛七十年诗选·自序》）。

1

　　李瑛诗歌具有丰厚的思想内涵，主要体现在以下四个方面：

　　第一，强烈的爱国主义的情怀与乐观主义的精神。在长达四十余年的岁月里，李瑛曾作为军人随着中国人民解放军南征北战，他攀上过高原、雪山，驻守过塞北的边疆，也流连于南海、西沙的壮美风光，所以军旅生涯给予李瑛的是无限的创作灵感，令他写下了众多的军旅题材的诗篇。李瑛被称为"战士行列中的歌手"，他热衷于以战士的眼光来观察世界，在诗歌中他既赞美英雄、也赞美普通战士，他描写战争的残酷、边防哨所条件的艰苦，但更着重于表现军人们的热血与青春，谱写出一段段生命的赞歌。《春天》（1951）这首诗写于朝鲜战场，"这是朝鲜艰苦的战争。/在前线，/镶在每扇窗子里的/都是铁锈、烈火、/可怕的废墟和弹壳……/但在我们师指挥所里，/窗前，却放着一只美丽的花瓶，/那是一颗绿色的弹壳，/里面的花儿正开得鲜红。//'我们在弹壳里撒下种子，/好让春天在这里滋生。'/师长常常在战斗间歇，/把这件事讲给战士听：'这是出国后还击的第一颗弹壳，/它给大地带来了黎明；/当时曾炸翻无数侵略者，/我们便发起了第一次冲锋。'"面对艰险的战争环境，李瑛将目光聚焦于并不起眼的弹壳，以小见大，发现了它所蕴含的力量和无限光明的前景。《初到哨所》（1960）描写了诗人来到海岛边防哨所，由于条件有限，这里没有干净的饮用水，"确实，这半碗水呀又涩又咸，/也许有一半是抬水人的汗"。这样的水本来让人难以下咽，但诗中所塑造的"班长"却目光长远，"班长说罢哈哈大笑，/顺手推开了身边的窗扇：'并不是祖国对战士过于吝啬，/看她交给我们的这汪洋一片！'"班长的话代表着广大解放军战士的心声，他们为了祖国边防安全而无怨无悔的献身精神跃然纸上。在《戈壁行军》（1961）这首诗中，诗人写在荒漠中奔波多日的战士们"多么渴望有一湾河水，多么渴望有一片绿荫；"结果"柳树"与"湖水"就"忽然这一切都一齐出现，/迎接我们在戈壁里行军"。这群初次进入沙漠的年轻战士都"高兴得笑出了声音！"诗人的笔锋急转，原来出现在眼前的幻影只是"海市蜃楼"，但他们并没有因此垂头丧气，而是"且当作献给战士的画本；/可我们心上设计的图样呀，/远比它更美好十分！"由上述三首诗歌可见，李瑛的诗歌中所表现的乐观主义精神并不是政治口号的"传声筒"，而是在诗人的精心构思之下，从战士们日常生活中的"小事"着眼，发掘其中所包含的真挚情感。在表现手法上，李瑛往往采用幽默风趣的语言和意想不到的转折使他的军旅诗歌更具有趣味性和民间性，从而更加贴近广大人民群众的审美水平。虽然由于时代的发展，李瑛军旅诗在当代的影响早已不如从前，但阅读其中的佳作仍旧可以感受到军人顽强不屈的气魄和昂扬向上的时代精神。

　　第二，揭露黑暗的社会现实，歌颂光明的时代前景。李瑛出生与成长的时代，华夏大地正饱受战争的摧残与折磨，因为战争，他随父亲从东北老家迁居到了天津，此后又长期过着漂泊流浪的生活，这样的人生经历使诗人在青年时代就深切地感受到了动荡的现实，他用自己的笔大胆记录并批判了当时的黑暗社会。《流浪札记——从唐山到天津》（1944）这首诗是李瑛"在沦陷的唐山读中学时，因写作被以'思想不良'开除学籍，并将遭逮捕，遂仓皇乘火车和同学翟尔梅一起流亡天津"的途中所作。年仅18岁的诗人没有亲人的呵护，没有师长的关爱，甚至连社会都要将他"吞噬"，他只能选择逃亡，"轻轻招手地离别了/向我的油灯和小窗/把昔日的梦留在那里/为我守着门，等我回去"，他乘坐"五一三列车"驶过"青黄不接的饥饿的五月"、"浑浊的河流"、"飞不起的云",终于来到了"喧嚣的城埠"。在这里,青年李瑛是疲倦而迷茫的,看不出他的出路在何方,他向城市求助,"我来到这里／想听你为我讲／一个民族的故事／一个家国的故事／我心头的痛苦,我说不出／请为我讲吧,讲吧／我不流泪,我不哭"。虽然城市没有给他回答,但李瑛仍旧没有"哭泣",没有放弃对光明的渴望,等待着新的时代到来。从这首青年时代的作品中可以看出,李瑛诗歌中特有的乐观主义精神已初露端倪。著名的长诗《一月的哀思——献给周恩来总理》(1977)由开始创作到初稿完成整整历经了一年的时间,人民敬爱的周总理的逝世让举国哀痛,李瑛也用诗歌来表达对周总理的缅怀之情,但由于"文革"中混乱的政治局势,诗稿"只好藏诸箧底,以寄哀思",直到粉碎"四人帮",文革结束后,才得以重见天日。诗的开篇便直抒胸臆:"我不相信／一九七六年的日历,／会埋着个这样苍老的日子;／我不相信／死亡竟敢和他的生命／连在一起;／我不相信／迎风招展的红旗／会覆盖他的身躯;／我只相信／即使把他交给火,也不会垂下辛勤的双臂。"诗人用三个充满疑虑的"不相信"写出了他得知周总理逝世时的震惊、悲痛与迷茫,接着立刻用一个"我只相信"掷地有声地道出了他相信周总理即使生命逝去,灵魂也一定会永垂不朽。李瑛加入了长安街上数万人的送别队伍,"长街肃静,／万民伫立,／……多少人喊着你,／扑向灵车;／多少人跑向你,／献上花束和敬礼;／多少人想牵动你的衣襟,／把你唤醒;／多少人想和你攀谈,／知心的话题……"但残酷的现实,让种种愿望都无法实现,可是诗人还是按捺不住心中的悲愤,勇敢地向着黑暗发出了呐喊:"但是,怎能设想,／竟有人妄图将你的名字,／从我们心中抹去,／从我们历史的心中抹去,／从我们生命中抹去,／从我们祖国的生命中抹去。／哈!这是何等可悲可笑!／何等的不自量力!／何等的枉费心机!"此时的李瑛已经褪去了青年时代的迷茫与困惑,不再甘心等待,而是选择宣告、选择反抗。由此可见,李瑛的诗不仅是时代真实的写照,也是鼓舞人民与黑暗社会做斗争的"冲锋号角",昭示着美好未来的来临。

第三,寄情自然山水,感悟人文历史,书写生命之美。李瑛的个性无疑是热情而又外放的,他不像有些诗人只留恋于自己的内心世界,他钟情于探索未知的世界,携着自己的诗情与笔墨走遍大好河山。他曾经说道:"在我的祖国,阳光、大海、溪谷、山峦,无不跃动着蓬勃的生命。"(《早晨·后记》)最近二十多年来,李瑛又走出了国门,在更广阔的世界中尽情描写世间大美和生命的灵动。《密西西比河暮歌》(1981)写作于李瑛在上个世纪八十年代出访美国之时,面对夕阳下的美洲大陆最长的河流,一向善于书写激情澎湃诗作的诗人却发现了大河的柔情:"沉甸甸的密西西比的十月,／余烬闪耀,暮色苍茫,／暗了,长天;浓了,香草。//归鸟疲倦的翅膀,／覆盖着多少铿锵的交响——／纺织娘的丝弦,金铃子的铃铛。//朦胧中,一长串一长串的拖船缓缓滑过,／木材,煤炭,小儿女的梦,／赤臂水手粗犷的歌唱……//夜来了,浩浩荡荡,浩浩荡荡,／谁也不知道它从哪里涌来,什么时候来的,／淹没这一切便去睡了,钻进了船舱……"李瑛用自己充满画面感的语言,将密西西比河两岸风光以一种柔美的方式呈现出来,最后一节中将"夜"进行拟人化塑造更是点睛之笔,"夜"犹如一位来得又轻又静的母亲,将河岸上的万物当作自己的儿女,悄悄哄他们入眠,自己也沉沉地睡去。《楼兰》(1989)描写的是历史上著名的西域古国楼兰,"像一朵花凋谢了／这就是楼兰//在风的漩涡里／在沙的漩涡里／旋转着,旋转着,旋转着凋谢了,这就是楼兰",李瑛将楼兰古国比作旋转着凋谢的花朵,这个比喻新奇而独特,仿佛让已经消亡两千多年的世界又重新焕发生机,这里曾有过的"黄骠马"、"箭镞"、"五铢钱"、"简牍"、"丝绸锦帛"又重新被探寻,诗人试图将古代与现实相互连接,"尽管历史书早落上一层尘土／而匍匐在沙丘上的旅游者／仍在用照相机镜头寻找它／并把它一个个马镫上的故事／写成一首首朦胧诗"，在李瑛眼中，荒漠中的古城依然在激发着现代人的灵感，因此楼兰即使消亡也充盈着生命的力量。大千世界给予诗人李瑛更广阔的视野和境界，也让他的诗歌呈现出更加多元的风格特征。诗人九十年代以后的诗作中，对于自然的表现有所加强，特别是他对于青海、西藏等边远地区自然山水的抒写，体现了一位有着丰富阅历的诗人独到的眼光与深厚的情怀。他对于边关的观察是细致的，对于那里的动物、植物与人的表达，不再像六七十年代的同类诗那样浅显，而是更加广阔与深厚，具有更为扎实的生活基础，同时也远离了早期诗歌里常有的那种政治性与现实性。

第四，追求真知，以诗思辨。李瑛充沛的精力使他拥有了很多诗人都难以企及的诗歌创作生涯，七十余年来他的笔下描写过抗战的烽火，新中国的建设，文革的痛楚，改革的浪潮……进入晚年的诗人，则更加注重诗歌的"内在性"，他的作品中出现了大量具有哲理性思辨的诗歌，这既是他对诗歌艺术的不懈尝试与追求，也是他漫长人生经历的真实总结与升华。《岁月与历史》（1998）写一位老者与孩子坐在花园的长椅上，看着初冬之时鸟儿归巢、落叶飘零的景象，"长椅上，有许多故事／有的欢乐，有的忧伤／应和着悠悠晚钟／伴溪水流向远方／我要告诉孩子，这／就是岁月，就是历史——／一年很短，一天很长"，诗人解释何为岁月与历史时，并没有长篇大论般进行论述，而是用一天之景启发孩子，平淡地道出，时间的真实并不是波澜壮阔的事件，而只是犹如眼前的宁静，人类在岁月与历史面前渺小而又卑微，这是一位长者富有禅意的人生总结。《变异》（2005）一诗这样写道："谁曾经说过／由野兽变成人／需经过亿万斯年／而由人变成野兽／可以只需瞬间／／活泼的生命值得崇敬／但我曾见过／荣誉、财富和情欲搅动的／疯狂的舌头／纵火的眼睛"，李瑛敏锐地发现了人性中可怕的污点，它们被"荣誉"、"财富"和"情欲"所掌控，顷刻间就能将善良的人类变回贪婪的野兽。《和梦的对话》是一首非常耐人寻味的诗，李瑛在诗中虚拟了自己与梦境的交谈。诗人怀疑梦境的真实性，梦则回应道："你对梦中所见／感到疑惑是愚蠢的／当然也会给你悲伤／比如亲人的死亡／只是让你感到／完整的人世的沧桑／……／不论欢乐或悲伤／都应该同样接受／不要轻易忘却像一阵风／……／让更多生活情

韵陪伴你／当然，并不是要你永远躲在我的身后／我是说／没有梦是真正的不幸"，诗人笔下的梦，虽然是虚构的，却和真实生活是一致的，既有欢乐也会有哀伤，因此梦便是人生的隐喻，诗人勇敢地克服了噩梦，便是同样意识到了人生的多面性，更加真实地体味人生。在九十年代以后的作品里，诗人无论是对于自然山水的观察，还是对于日月星辰的表现，几乎都与自我的人生相联系，与自我的思想相关系，并注重从中发现一些哲学与宗教的东西。他后期的作品题材相当广阔，凡是目之所及、耳之所听，都可以入诗并成诗，达到了随心所欲地表现任何事物的程度。这也许缺少了早期诗歌的热情，然而更加沉静、更加深厚，对于人生的哲理与自然的真知，他几乎都处于探索的途中，也许没有结果，而其思辨色彩是相当浓厚的。

2

　　从青年时代受到西方象征主义诗歌和"五四"以来的新诗的熏陶，他开始尝试诗歌写作，到入伍时以"战士的身份"进行创作，再到新时期以来运用更凝练、深邃的语言来打磨诗歌，无不体现着李瑛对艺术的精益求精。

　　首先，构建独具一格的意象系列和体系，贴切、生动地表情达意。中国传统诗歌讲究"托物言志"或者"寄意于物"，古人甚至认为"直言者非诗也"（孔颖达《毛诗大序疏》）。李瑛同样认为，"写诗切忌把自己的思想观点直接说出来；那样做就难免要概念化，不是真正艺术地形象地表现思想，表现主题"。因此，他的诗歌中往往具有十分丰富的意象，并且有意识地去构建意象系列，诸如"树"、"高原"、"花"、"路"等几种意象在他几十年的创作中不断地反复出现，又在不同的时期表达出不同的情思，成为诗人独特的意象体系。"树"是李瑛非常钟情于塑造的意象，在《红柳·沙枣·白茨——给青年朋友们》（1961）一诗中，诗人赞美这些植物"索取得最少"而"献出得最多"，鼓励年轻人像它们一样对生活充满"深沉的爱"。在名作《我骄傲，我是一棵树》（1980）中，李瑛又用慷慨激昂的语调宣告："我骄傲，我是一棵树，／我是长在黄河岸边的一棵树，／我是长在长城脚下的一棵树；／我能唱出许多许多的故事，／我能唱出许多许多支歌。"这棵树是国家与民族的象征，"我属于人民，属于历史，／我渴盼整个世界／都作为我们共同的祖国"。这棵树承载着许许多多的美好品质，甚至连死亡时都要"让我尽快地变成煤炭／——沉积在地下的乌黑的煤炭，／为的是将来献给人间，／纯洁的光，炽烈的热！"而进入新世纪以来，诗人笔下的"树"突然变得悲壮起来，在《一棵被伐倒的树》和《最后一棵胡杨》（2001）中，树的生命终止了，但它们"仍然庄严地站着"，它们以"受难者"的形象谱写出了生命的礼赞。在《看一棵雷击的树》（2005）一诗中，李瑛笔下的树燃烧了，它不仅将会死亡，而且将失去形体，诗人听这棵树倾诉着："它告诉我许多可怕的梦／它说我从死亡里回来／我的生命超过一百个雷／我的身体虽已残损／灵魂却更显得坚强／时间怎样从这里结束／就怎样从这里开始"，由此可见，树在此刻不仅不是不幸的，而是幸运的，它完成了生命的轮回与涅槃，生长到了更高的境界。李瑛笔下一系列"树"的意象是既有联系又有发展的，它们都象征着诗人对光明、生命和人类美好心灵与品质的赞美，也都传达出了李瑛诗歌中乐观主义的情感基调，但在艺术塑造上，它们又是逐渐深刻的，从直白式的宣告到富有哲理性的思辨，也显示出了李瑛诗艺的不断进步成熟。他九十年代以后的诗歌，更加注意以独特的意象来表达自己的感觉与思想，也许不再有一个系列，然而每一首诗中总是以一个或多个意象为主骨，让诗情、诗性能够得到集中深入的呈现与表现。由于后期作品题材更加广泛，用"军旅"一词已经无法概括，所以其诗的意象创造也就更加复杂与广远，然而意象仍然是相当深入的，一切以意象出之，几乎没有抽象的表达，即便是诗人的思想与意识，也同样是如此。

其次，聚焦不经意之处，以小见大，大胆想象，发现诗意。李瑛在诗歌创作中具有独特的目光，他往往能够从普通的事物中挖掘诗意，借助奇特的比喻和比拟，来抒发自己的情感。《海风对你说了些什么》（1956）描写一位姑娘思念自己的恋人，她的恋人是一名解放军战士，此刻正驻守在海岛之上，"风带着许多消息吹过，/ 好像有什么秘密要对人说；/ 海港上的树在低语，/ 一棵传给一棵。// 树呵，能不能告诉我，/ 海风对你说了些什么？/ 它是不是说到那远方的海岛，/ 岛上的太阳、岛上的云朵？"诗人将海岸边常见的树木被海风吹拂的景象想象为风传递"消息"与树木"低语"交谈，既使得诗句洋溢着诗情画意，又形象地表达出一位少女的焦急与期盼，也让人感到了蕴含在青年人爱情中的活力。《汽车远去了》（1961）描写的是军旅生活中的一个场景，"汽车远去了，/ 丢给我们一包邮件；/ 看文书飞呀跑呀，/ 背回来一袋子喜欢"。汽车带来的是来自各地的家书和写满新闻的报纸，它们给守卫在"与世隔绝"的荒漠中的战士带来了温暖与慰藉，李瑛在诗中进一步升华，"不要说戈壁漠漠没有一条路，/ 从四方扯来无数道深情的线，/ 是嘱托、是期望织成的信念，/ 擦亮了我们的刺刀尖。// 汽车远去了，/ 丢下一道尘土，一袋邮件，/ 丢下一排沸腾的地窝子，/ 搅动了偌大的荒滩……"他从一件极其普通的场景中不仅刻画出了战士们的真情，也发现了战士们与艰苦自然条件做斗争的决心。《影子》（1994）一诗可谓别具匠心，李瑛与无形的"影子"展开了平等对话，"我 / 沿着肩头抚摸你 / 沿着手臂抚摸你 / 沿着脚趾抚摸你 / 我再也没有别的东西 / 除了紧紧相随的你 / 无论在我左边或右边 / 你的忠实是我 / 生命深处的根和泥土"，他触摸不到影子，却发现影子的"存在却多么真实"、"有同样的欢乐和忧愁 / 有同样的骨架和血泪 / 比实体更简洁和纯净"，影子让诗人发现了生活中被忽视的东西，并重新"认识了自己"。九十年代之后，以小见大仍然是诗人的优势，然而不再表现诗人思想中固有的东西，而是注重表现重新发现的东西，因此没有了假大空的内容，而一切都是具体的事物、客观的事物，既没有夸大也没有缩小，让其诗艺发展到了一个全新的阶段。

再次，以笔构图，传达真挚的情感。李瑛的诗歌很少运用宣告式的语言来传情达意，而多运用"以画写情"的抒情方式，"因小及大，捕捉生活中那些千姿百态的具体物象，借助于画面抒发激越的感情"（《李瑛诗论》）。在诗歌《敦煌的早晨》（1961）中，李瑛将大漠里的风沙形象化，刻画出一幅严酷的自然景象："在敦煌，/ 风沙很早就醒了，/ 像群蛇贴紧地面，/ 一边滑动，一边嘶叫。"可在这样艰苦条件下劳作的人们，无论是"青年"还是"三个孩子"，都是充满欢声笑语，"沙流湮不没他们的笛眼，/ 漠风也吹不断那憨厚的笑"，沙漠之景成为了塑造人物的"背景画"，两者形成鲜明的对比，更加突出了人民群众顽强拼搏的精神。组诗《西沙群岛情思》（1978）是李瑛的代表作之一，诗歌在描写西沙美丽的自然风光的同时，也抒发着诗人的情感："这里，礁石的性格像长城，/ 这里，野浪的涛韵像黄河，/ 这里长着长城脚下摇曳的茅草，/ 这里埋着黄河岸边烧制的瓦钵。// …… // 我不知道这云朵似的白帆，可来自榆林？文昌？琼海？/ 却知道这千万年奔腾的浪花，/ 曾映出周口店山洞的篝火……"李瑛将西沙群岛的景色放置于时间和空间的长河中，从风景中发现了西沙的"中国因素"，这里虽然偏安一隅，却与祖国有着千丝万缕的联系，诗人不仅赞美这里的美景，也形象地表达出西沙群岛与祖国紧密相连、不可分割的爱国主题。《高原一夜》（1997）写作于诗人在西藏旅行期间，青藏高原奇异的风景给予李瑛无限的遐想，"当风把沙砾灌满我们的骨缝 / 太阳把身影拉长铺在脚下 / 云惊慌地逃下地平线 / 铅一样的夜便轰然而降"，恐怖的风沙让动物和人类都"躲藏起来"，只有"比死亡更倔强的生命／是趴在地皮上的长不高的野草／是野草的种子／是种子的根／是根的信念／像针，以金属的光／严厉地逼视着这个世界"，李瑛"咏物画图"，描绘了一幅"咄咄逼人"的高原苦寒之景，通过对比发现，真正的英雄是最不起眼的野草，表现了对卑微生命的赞美之情。

最后，直白的诗歌语言中饱含深切的情感。李瑛诗歌的语言往往具有轻快、直白、幽默等特点，并且广泛吸收借鉴了大量的民间词汇，因而具有很强烈的民间特色，这也是他的诗歌能够受到人民群众喜爱的原因之一。这些语言中既有《汽车远去了》（1961）中，"看文书飞呀跑呀，／背回来一袋子喜欢"的欢快，也有《一月的哀思——献给周恩来总理》（1977）中三个"不相信"与一个"坚信"的宣告，还有《密西西比河暮歌》（1981）里"归鸟疲倦的翅膀，／覆盖着多少铿锵的交响——"的宁静，虽然这些语句直白易懂，但无不饱含着诗人深切的情感。《等待—— 一束白花，献给我逝去的娟》（2008）是一首长诗，是李瑛在自己妻子去世时写的怀念之作，诗的开篇这样写道："六月，所有的／石头都在呼吸／树都忙着生长／而你却匆匆去了，亲爱的／你离开了我，没有人知道／你带走了我生命的／一半，三分之二／更准确说是全部／你去了，没有人知道／只有黑夜／泪光闪烁的黑夜"，这样的句子不由得令人想起英国诗人T.S.艾略特在他的名诗《荒原》中对"四月"的描述，妻子离开的世界对于李瑛而言，万物蓬勃生长，但俨然如"荒原"般萧瑟，李瑛的语言并没有像艾略特那样充满典故，晦涩难懂，而是悲伤地直言，妻子带走了他的全部精神世界。在人间，李瑛已无法寻找到爱人，但他仍旧相信"亲爱的，时时刻刻／我都在等你回来／日复一日，直到晨星消隐／年复一年，直到雪打灯残"，这是诗人对妻子坚定而又热烈的爱情宣言，虽然属于直抒胸臆式的表达，但谁又能不被这样的诗句打动而动容？这不仅仅是李瑛夫妇间的情感，也是对生命与爱情的礼赞。

纵观李瑛七十余年的创作，他诗歌中所蕴含的一往无前的乐观主义精神、开阔大气的思想境界和对卑微生命的礼赞都是贯穿始终的。这些诗歌用直白而又风趣的语言激励了一代又一代的人怀着理想与信念，不断成长，在自己宝贵的生命中奋发向上，这是李瑛作为诗人最大的贡献。当然，就像有学者曾经指出的那样，如果将李瑛的诗歌创作比喻为一棵枝繁叶茂的"大树"，总会有一些"枯枝败叶"留存，在李瑛的诗歌中，仍旧存在着诗歌主题挖掘不广，内容雷同；诗歌语言过于浅显，缺乏对用词的精雕细琢；诗歌结构单一，程式化现象较多……等现象，但瑕不掩瑜，正如李瑛在《我的诗》（2011）中的自白所言："我没有显赫的／地位和财富／只有孤寂的诗陪伴着我／对诗，我苦苦地追求／已整整一生／从心灵深处、生活深处、词语深处。"李瑛的一生是诗歌的一生，诗意的一生，直到今天他仍然没有停止诗歌创作，如此长的创作历史，在当代中国诗人中是绝无仅有的。其早期诗歌也许因为时代的局限比较单一，而在九十年代之后，李瑛的诗歌创作有了很大的发展，无论是在思想上还是在艺术上，都已经大大地超越了前期，而实现了全方位的转化。有的人说他后期的诗具有某种现代主义色泽，接受了西方现代主义的影响，其实是一种想当然的意见。根据我的阅读，我认为其前期的诗歌具有一种浪漫主义精神和乐观主义情怀，所以他基本上没有看到那个时代的苦难与动乱，在五十年代到七十年代的诗歌中，还是一片真诚地歌颂与礼赞，只不过没有空洞的、虚假的抒情而已。而到了九十年代之后，他却不再写从前那样的抒情诗，而着重表现他所看到的自然山川与自然风物，把它们算作地方诗歌与地域诗歌，也是可以的。它们总是充满一种现实主义精神，语言直接、质朴、客观，我们从中可以发现许多实在的内容与丰满的诗情。在九十年代之后，李瑛在保持自己特有的诗歌风格的同时，仍在积极地探索着诗歌的内涵与艺术形式，用一生的光阴与诗为伴，因此无论是李瑛的诗作还是诗情都应该在中国新诗的发展史上占有一席之地。[Z]

中国诗人面对面
FACE TO FACE OF CHINESE POETS

中国诗人面对面——吴思敬专场

　　一个时代能够给你自由的时候,你要创造心灵的自由;一个时代不能够给你自由的时候,你也要修筑一道可靠的心理防线,来保持自己的心灵自由。

——吴思敬

中国诗人面对面——吴思敬专场

时间：2016年8月25日　　地点：卓尔书店

□主讲人：吴思敬
主持人：谢克强

谢克强：来自国内外的诗人朋友们、来自湖北各地的诗友们、来自武汉三镇的诗迷们，大家下午好！感谢大家在大热天来到这里，给我们捧场！下面由著名诗评家吴思敬给我们进行下午的第一场讲座，他讲的题目是：心灵的自由与诗的发现。

在当今中国，不要说诗歌写作者，就是诗爱者也没有不知道吴思敬名字的，他是当今中国最权威的诗歌理论家之一，他为我们中国新诗的发展，特别是诗歌批评理论的发展做出了突出的贡献。他主持的《诗探索》理论卷，推出了许多有影响、有独到见解的诗歌理论文章，影响了一代一代诗人。下面我们欢迎吴老师跟我们聊一聊他对诗歌研究的看法。大家掌声欢迎！

吴思敬：各位诗人、各位朋友，下午好！来到武汉参加武汉诗歌节，确实感受到武汉这个城市对诗歌的热情。像今天武汉诗歌节的开幕式以及北岛老师的专场面对面，读者稍微来晚一点就没有座位了，这种对诗歌的热情，和诗人交流的热情是多年来少见的。前不久，我们在河北廊坊师范学院举办了一场"北岛诗歌创作研讨会"，这是国内第一场为北岛老师办的研讨会，廊坊师范学院的学生也是非常热情，这表明了青年人对诗歌的热爱，有这样一种对诗歌的感情、对诗人的热爱和尊崇，这体现了我们民族对诗歌的情结。正如这样一句话，一个伟大的民族，即使再富有，诗歌也不会显得多余；一个伟大的民族，即使再贫穷，诗歌也不应当缺少。

今天下午与会的多是"新发现"的年轻诗人，估计都是85后、90后，你们这么年轻却这么热爱诗歌，而且取得了一定的成就，我深受鼓舞。北京老诗人邵燕祥曾经写过一个诗论，题目叫《给18岁的诗人》。在邵先生看来，18岁的年轻人，他的内心就有一种诗的情结，他就处在诗的年华当中，诗与青春有相通的含义。

刚才谢老师也提到了我今天想讲的主题，为什么我想讲这个呢？在我看来，心灵的自由对于是否能够成为一个诗人，一个诗人能不能写出优秀的诗篇，是起着决定性作用的。2005年，在广西玉林师范学院召开了"21世纪中国现代诗研讨会"，会上请了几位老诗人到场，包括洛夫、痖弦、蔡其矫，在会议进行当中，有记者采访了蔡老，记者问："蔡老，您可否用最简洁的语言对新诗的本真进行概括？"蔡老毫不犹豫地脱口而出："自由。"在他看来，自由是新诗的本质。蔡老出生于1918年，他去世那年，虚岁90岁，可以说他终生与诗歌相伴。在七八十年的创作中，他所体会到的"自由"二字是非常准确的。

新诗诞生于五四时期，距今已近一百年了，新诗诞生于这个时期绝非偶然。著名作家郁达夫曾经说过，以前我们是为君、为道、为父母而存在，现在我们是要为自己而存在。这实际上是说个人的发现。五四时期所提出的诗体大解放，实际上是人的解放的思想在文学领域中的反映。当时胡适提出要打破一切束缚诗人的枷锁；康白情说，新诗破除一切桎梏人性底陈套，只求其无悖诗的精神罢了。我们可以想象，这样痛快淋漓地谈论诗体变革，这样的声音只能出现在五四时期，他们谈论的是诗，但是出发点是人。他们强调诗体的解放，正是为了精神自由发展，他们为了打破旧的格律的束缚，正是为了打破精神枷锁的束缚。所以，新诗出现之后，新诗人对自由的精神都是高度强调的。新诗的代表人物艾青先生曾经说过，诗与自由正是我们生命中最为宝贵的东西。诗是自由的使者，诗的声音是自由的声音，诗的笑是自由的笑。正是由于对诗与自由关系的深切理解，艾青才让自己的写作以自由诗作为最重要的表现形式。我们看艾青的一生，他不写旧体诗，也不写现代格律诗，他始终坚守写自由诗。到后来三十年代，废名先生提出了一个著名的判断：新诗应该是自由诗。在我看来，废名先生的论断强调的并不是一种文体，而是一种自由的精神，新诗应当是自由的诗。这一点和现代著名思想家陈寅恪先生给王国维题写的碑文"惟此独立之精神，自由之思想，历千万祀，与天壤而同久，共三光而永光"不谋而合。"独立之精神，自由之思想"现在被很多人所强调了，但是陈寅恪先生如此强调到这种程度，实际上不仅强调的是人文知识分子的傲骨，而且是诗人的精神、新诗的精神。有了这种独立的精神，就会有独立的、健全的人格。一个诗人要敢于直面现实，敢于在读者面前说真话，不去回避自己，这一点很多诗人都做到了，比如大家所熟悉的俄罗斯诗人叶赛宁曾经写过："我并不是一个新人，这有什么可以隐瞒，我的一只脚留在过去，另一只脚力赶上钢铁时代的发展，但我经常跌倒在地。"郭小川先生在文革后期的作品《秋歌》中写道："我曾有过迷乱的时刻，于今一想，顿感阵阵心痛；/我曾有过灰心的日子，于今一想，顿感愧悔无穷。"这样一种对自己坦诚的解剖，真诚的自责，只能发自自由，才能写出。只有心灵的自由，才能写出有独创性的诗篇，才能超越传统的束缚、诗人自身的狭隘的人生经验和陈旧的思维定式的局限，让自己的思绪在空前宽阔的时空中穿梭。但是这种自由的精神不是人人都可以轻易得到的。我们的社会应该给他一个好的环境，让诗人可以在自由宽松的环境中去成长。美国著名心理学家罗杰斯曾提出，富有高度独创性创作活动的条件一个是心理安全，一个是心理自由，这二者又是密切相关的，只有有了心理的安全才能够保证心理的自由。一个诗人只有在心理上感到安全，他才能够无所顾忌地把他创造性的思维显露出来。我们曾经在这个方面有过教训，我们很长时间内没有给诗人自由的创造空间，例如湖北诗人叶文福先生的遭遇就是很好的佐证。改革开放初期，他写了一首诗叫《将军，不能这样做》，批评了一个将军为了给自己修别墅，拆了一个幼儿园。叶文福写这首诗批评了这件事情，他写的这首诗实际上不是颠覆，而是建议、批评，要颠覆这种歪风邪气。可是这首诗歌在当时受到了上层领导的批判。

谢克强：说到这里，我插几句话，叶文福和我是老朋友了，他的这首诗在《诗刊》发表后，《解放军报》全文转载，之后影响更大了，引起有关方面注意，其报纸总编被撤职。

吴思敬：那这件事情我还真不知道，连转载的总编都被牵连！我们想想，现在报道出来的贪污腐败现象远远超越了叶文福的诗中所写的现象，假如诗人当时锐敏提出了这个问题之后得到了高度重视，可能现在就会避免很多问题。历史证明了叶文福这首诗歌的价值，也证明了叶文福这个人的价值，他在关键时刻站出来了。

除了社会给诗人宽松的环境创造自由外，心灵的自由很大程度上由自身来创造。一个时代能够给你自由的时候，你要创造心灵的自由；一个时代不能够给你自由的时候，你也要修筑一道可靠的心理防线，来保持自己的心灵自由。

对于诗人来说，一是要有勇气，要自信。我们说一个诗人首先必须具备"才""学""识""胆"，"才"是第一位的，伟大的诗人都是才子，这不是光靠勤奋就能达到的；"学"也是非常重要的，不仅要才高八斗，还要学富五车；"识"是指见识，学得多才能有所见识，这一定是不同寻常的；"胆"是非常重要的一个素质，不仅是指面对不正之风等等时敢于发出自己的声音，还指在艺术追求上大胆创新。被称为"诗豪"的唐代诗人刘禹锡，他曾经在写诗的时候想用"糕"这个字，犹豫之后最终放弃了，后来就有人讽刺他"刘郎不敢题糕字，虚负诗中一世豪"，这就是说诗人用词、用句子都应该有独创性。正如海德格尔说"诗人，是神圣的命名者"，诗人要敢于为事物命名，敢于写出自己的声音。二是要拒绝现实的诱惑，坚守自己的理想。要去掉功利之私，不辱繁华，不逐浮名，坚守自己的审美理想，恪守自己的审美追求，绝不随波逐流。朦胧派诗人北岛等能够有这样的成就，很大程度上就是他们从早期创作开始就摒弃了名和利的诱惑。那个时期基本上没有什么民间刊物，只有《解放军文艺》等这种部队主导的刊物，他们那时写作的诗歌不能发表，也不能带来名利，但是他们依旧坚持了，才写出了真正意义上的好诗，才有了朦胧诗人的崛起。现代社会，物质丰富了，如果我们过多地被现实利益所纠缠，恐怕很难写出好诗了。

我再举个例子，著名女诗人翟永明，八十年代时期，她看到姐姐拿回一个电视剧剧本提纲，共有50集，每一集5万元，250万元的诱惑，相信每个人都会掂量掂量，更何况她是个穷诗人。后来她思考再三还是放弃了，她说她就是为了那些破诗活着，就是因为这一点才成就了现在的她。再如北京诗人西川，他是北大英语系毕业的，他的同学差不多都出国了，他为诗歌留在了国内，他的第一份工作是新华社《环球》杂志的一个编辑，后来他成名之后确实也跳槽了，去了中央美术学院做人文专业的老师，教师岗位实际上是比较清贫的，但是他愿意留在那里，因为在那里，他可以和美术学院的创作先锋派交流，为自己的诗歌创作提供灵感。因此，很多真正的诗人都是从自身创作去考虑工作的，他们将写诗看作是终身事业。

我前面谈到的都是独立自由精神的重要性，那么这种独立自由精神的一个重要体现是要葆有一颗童心，伟大的诗人都非常推崇"赤子之心"。王国维曾说："词人者，不失其赤子之心者也。""词人"就是指写诗的人，"赤子之心"就是一颗童心。苏联作家巴乌斯托夫斯基写过一本文学随笔叫《金蔷薇》，里面就写到了童年、童心，"童年时代，阳光更温暖，草木更茂密，雨更滂沛，天更苍蔚……对孩子说来，每一个大人都好像有点神秘——不管他是带着一套刨子，有一股刨花味儿的木匠也好，或者是知道为什么把草叶染成绿色的学者也好。对生活，对我们周围一切的诗意的理解，是童年时代给我们的最伟大的馈赠"。一个人在漫长的一生当中，如果他没有失去这个馈赠，那么他就是一个诗人或者作家。

那么童心为什么可贵呢？我认为非常重要的一点是真诚。孩子不会作假。我们的诗从根本上来说就是发自内心的真话，"真"永远是诗的最本质的品格，这和小说、纪实文学的"真"不一样。这颗童心还表现在超脱实物。孩子看问题时是非常自由的，他和成年人看问题的方式、角度不一样，成年人总是从实用、价值等角度去思考，而孩子可以从没有价值的事物中发现美。假如成年人看到自来水管开着，可能会想，是谁没有关水龙头，或者是坏了要去报修，稍微转换一下语言就是"同志们，听我言，自来水管要关严……"这样的东西是诗吗？当然不是。现在很多人写的就是这样实用的东西，实际上他宣传的是一个人所共知的大道理。比如一个7岁的小女孩看到水龙头滴水，她会说"谁欺负你了，你不停地流泪？"这个小女孩不是诗人，但是这句话具有诗的内涵，已经超脱实用了，也表现了同情心。

  朦胧诗人顾城，他12岁写了代表作《星月的由来》，"树枝想去撕裂天空 / 却只戳了几个微小的窟窿 / 它透出天外的光亮 / 人们把它叫作月亮和星星"。他从一个孩子的想象出发，完全颠覆了成年人的想法。对于俚语"竹篮打水一场空"，河北的一个初中生进行了解释："我家小妹妹 / 提着竹篮去打水 / 妈妈说 / 竹篮怎能打来水 / 妹妹说 / 打了满满一篮水 / 一路上 / 花儿要我喂 / 草儿要我喂 / 等我到了家 / 没了一篮水。"这完全是儿童的思维，完全颠覆了成人意识，并且体现了与大自然的交融意识。一个孩子有这样一种诗情，实际上就是超脱实用，自由的心灵。对于成年人来说，自由的心灵实际上就指的是你能不能打破惯有的思维定势。日本的青年女诗人高田惠子因为写作瓶颈，很苦闷，她有一天去请教一位老诗人，约在咖啡馆里。老诗人听了她的苦闷，指着面前的玻璃杯说："你看这是什么？""玻璃杯啊！"她回答。老诗人又问："到底是什么？""确实是玻璃杯。"她回答。老诗人第三次又问："你仔细看看！""的确没有别的东西了。"老诗人说："你别看着它现在是玻璃杯，但是你把里面的咖啡倒掉，插上花就是花瓶，放置笔，就是笔筒。"高田瞬间恍然大悟，这就是思维定势的局限。

  在这一点上，我国古代诗人很早就说得很清楚了。宋代诗人苏轼曾经说过写诗如果停留在题目上，那么一定不是一个好诗人。清代诗论家袁枚在《随园诗话》中说："诗含两层意，不求其佳而自佳。"如果说一首诗能让人看出两层以上的含义，不用说它多么好，它自然就是好诗。这也体现了诗歌艺术的特点：暗示性。梁启超在《中国韵文里头所表现的情感》中提到奔迸的表情法，这种表情方式是指一个诗人在特殊情况下，情感燃烧到极点，诗歌和生命同时迸发的时候，他这时候说出来的话就是诗。这样，就可以解释我们很多的革命烈士、英雄人物在关键时刻迸发出来的就是诗，例如"砍头不要紧，只要主义真。杀了夏明翰，还有后来人"，这是他在临刑前说出来的，是和他的生命结合在一起的，这当然是诗。再比如乐府民歌《上邪》，"上邪！我欲与君相知，长命无绝衰。山无陵，江水为竭，冬雷震震，夏雨雪，天地合，乃敢与君绝！"这种对爱情的投入是直截了当的，也是属于奔迸的表情法。

  还有艾略特的诗歌主张，确实在中国诗人当中产生了很多影响，其对于情感、个性的看法，"诗，不是放纵感情，而是逃避感情，不是表现个性，而是逃避个性。但是只有具有感情和个性的人才能知道这种逃避是什么含义"。他并不是反对感情和个性，他只是说在诗歌中不要全部表露你的感情和个性。前段时间库什涅尔在北京访问的时候，也谈到"通过他者以显露自己"，这实际上和艾略特的主张是一致的。有时候我们看一个诗人的深度，很大程度上是看他对灵魂的开掘。比如曾卓先生的《悬崖边的树》，"不知道是什么奇异的风 / 将一棵树吹到了那边 / 平原的尽头 / 临近深谷的悬崖上 / 它倾听远处森林的喧哗 / 和深谷中小溪的歌唱 / 它孤独地站在那里 / 显得寂寞而又倔强 / 它的弯曲的身体 / 留下了风的形状 / 它似乎即将倾跌进深谷里 / 却又像是要展翅飞翔……"这就是写的自然界的树，但是他的感情是通过树来暗示的，通过树与风的对抗，展现了乐观、顽强的生命力，诗歌的最后也体现了自由的精神。正是这种精神，给我们提供了更大的艺术空间，让我们去思考、去追寻。

谢克强：谢谢吴思敬老师！看看我们的新学员和诗人朋友有没有什么想法？

提问者1：尊敬的吴老师，您好！我就想问，对您影响最大的中外诗人有哪些？也请您简述一下中国现代诗歌与俄罗斯诗歌、欧美诗歌之间的联系和关系。

吴思敬：这个不好说，我喜欢的诗人有很多，早期喜欢浪漫派诗人，现在有所变化，但是对于西方现代主义诗人有些能够理解，有些还不能完全理解，我也在学习和消化当中。

关于俄苏文学，我觉得对中国诗歌影响是非常大的。我觉得今天我们还是要对俄苏文学给予高度的重视，他们的知识分子对自由的渴望在诗歌中的体现是非常明显的，现在他们有很多方面也是值得我们学习的。

提问者2：感谢吴老师给我们讲述了一堂课。我是钟祥诗人鲍秋菊，我这样理解吴老师的讲座，诗人首先要尊重生命的本源，追求心灵的自由。在我们这个时代，写诗的人很多，而且通过微信平台等，诗歌的表现形式也很丰富，那么什么样的诗歌算是好诗？是简单一点的还是厚重一点的呢？

吴思敬：我觉得上午北岛老师说的要看铅字的出版物，而不要仅仅只看微信等，是很有道理的，因为微信是瞬时性的东西，如果要精读，要思考，还是要读印刷版本的。我认为不仅仅要关注别人写了什么，而是要思考别人没有写出来的东西。比如"中国梦"最开始就是由诗人严阵提出来的，这就是发现价值。假如在习主席提出来以后再写，这时候就只有宣传价值了。所以诗的功夫，是在诗外，要精读古代诗人、世界诗人的名篇。

梅丹理：我有一个小问题，想请教吴老师。我认为自由有可能也会充满了陷阱，因为它是对自我心灵脱离了桎梏的理想追求，其实这是不可能的，因为外在的影响因素很多。像这样你就会进入滑坡，失重状态的坠落。那你是否也会认为自由有这样的危险度？

吴思敬：梅丹理老师刚才说的是对我说的自由的一种补充，任何自由都是受限制的，都不可能是绝对的，并且这种自由还表现在你的自由不能以伤害他人的自由为前提。我很同意梅丹理老师的看法。

谢克强：刚才吴老师跟我们讲了心灵的自由与诗的发现，确实值得我们思索。我看过湖北诗人郭金牛的诗歌，他完全打破了诗人们对世界的看法，而很多诗人写的诗歌为什么给人以雷同之感，就是因为没有从自己内心深处去发现，所以独到的发现是写出好诗的奥秘，这样才能有新鲜的感觉。

我再补充一下，只有心灵的自由，才能有独到的发现！

让我们再一次感谢吴思敬老师精彩的演讲，谢谢！ [Z]

（整理：李亚飞）

诗学观点

□李羚瑞/辑

●谭五昌认为，在当下不少诗人满足于对日常生活平面化的叙述，有意无意地放逐了艺术想象力，在这个意义上，坚持想象性写作向度的那批诗人，是通过其写作中自觉彰显的想象力，来表达对其诗人身份的自我确认。因而坚持这一诗歌写作向度具有非常重要的艺术理论与文化意义。回到诗歌写作现场来看，诗人的想象性写作主要是围绕着词与物这两个方向具体展开，也就是说诗人在诗歌文本中所展示的想象力一方面体现出对于词语的想象力，一方面体现出对于事物本身的想象力，以及词与物双重缠绕的综合性想象力。

（《2015年中国新诗之一瞥》，《文艺争鸣》，2016年第7期）

●孙基林认为，于诗歌而言，在日常事件叙述于无意义中获得意义的同时，或作为一个前提和过程，话语修辞当是助其"长入"诗歌和世界，以此获得诗性的一个物质元素。这里的修辞并不必然地指向隐喻、象征这类修辞方式，反而有意识地拒绝隐喻和象征，因为这在传统上被认为是营造意象的一类主要修辞方法。如果传统修辞注重一种语词意识，那么事件叙述更看重语句。为此细节叙述已成为当代诗歌诗性叙述的主要类型之一，而感官的行程也已是诗歌一种主要的事件叙述方式。

（《有关事件与事件的诗学——当代诗歌的一种面相与属性》，《文艺评论》，2016年第6期）

●远人认为，绝大多数诗人走上诗歌写作之途，多半是源于抒情的冲动。就本质而言，诗歌当然离不开抒情，但抒情绝非是诗歌惟一的目的。诗歌走到现代，其功能的扩大实际上在促使诗歌从抒情中游离，走向更为广阔的领域，这一领域被狄尔泰称为经验。经验在现代诗歌中变得重要，也恰恰是诗歌本身在不断发展的一个证明。诗歌绝不仅仅是依赖抒情，更多的是将自我对人生及生活的认识进行一种表达。这一表达将给诗人和读者带来属于生命本身的领悟。换言之，诗歌在走向它的成熟之时，就已经是一种表达手段。

（《诗歌是一种表达》，《星星》，2016年7月上旬刊)

●黎荔认为，儿童没有成见，没有受到科学思想的训练，不善抽象，却善想象，说车的脚是圆的，公园里的孔雀开屏是大母鸡开花，凡此种种，均不是毫无意义的胡言乱语。他们就像诗人一样，能够非常有效地将人带入一种超越现实景象的审美想象的诗意境地。要创作让孩子们喜欢阅读的童诗，对孩子具有强烈的吸引力，就要以天马行空、奇异而神奇的想象力让孩子对这个世界充满好奇感和新奇感。大人面对这个世界毫无奇异感和发现力，而孩子则不同。让孩子读诗，不仅可以引导孩子观察世界，还可以培养孩子观察世界的独特视角，点亮他们的灵动的创造力。

（《住在一个永远的春天里——读王宜振的儿童诗》，《延河》，2016年第7期）

● 赖彧煌认为，现代汉诗相对于古典诗歌而言是变风变雅的诗歌类型。这种转变当然不是绝对的。文类的本质或许就是凝聚与流变相生、共通性与特殊性并存。在相应时空或语境中展开实践的诗既在反观传统，又因为语言和经验的混杂性、变动性，而将传统予以调适甚至违反，这是现代汉诗面对的难题。"新诗"的语言是在试探、磨砺中求得的。学习新语言和寻找新世界是同步的，互为依存的，在学习和寻找的过程中，成就诗的话语。"新诗"对新的言说机制的探寻与古代许多陈陈相袭的诗人最大的不同，是反对将诗文类先验化和实体化，突出了诗歌的实践品格。最重要的是诗的形式表现为实践，用新的语言处理新的经验时才能凝聚为诗，它是后设的。

（《语言自觉与现代汉诗的发展》，《扬子江诗刊》，2016年第4期）

● 芦苇岸认为，诗歌是内心的事业，是诗人在喧闹的现实场景里给自己也给时间存留的一份精神备忘录，与"修炼强大内心的神奇智慧"有着天然的异曲同工之妙。与深山修行最为不同的是，诗人在闹市"大隐"。要在滚滚红尘中做到并保持"形意"本色，通过诗歌书写传达"文心"之博大与深刻，不是一件容易的事。然而正是这种"有意味"的书写形式在对人类灵魂的牵引中，一直起着至关重要的作用。在某种程度上，诗歌比人类的生命还要久远，当一切物质的消弭轨道不可逆转，诗作作为附体灵魂的密码依然存在。诗歌本身就是人类心灵的一个部件，只有在有慧根的人那儿，才会对诗人在现实前提下拥有的超拔质素展现出非凡意义。

（《匍匐于生活，自得于仰望——评阿未及其诗歌》，《作家》，2016年第7期）

● 世宾等人认为，"完整性写作"是对"清洁精神"身怀渴望的心灵并以此心灵面对破碎世界、在具有极大抒情难度的世界上写作的称谓。"完整性写作"反对"口语化"写作，"口语化"写作是我们民族语言萎缩的标志，是一种把语言工具化的企图。"完整性写作"的所有语言源于诗人对世界的完整把握，他们的语言发源于他们内心所建立起来的那个本质世界，他们所有的语言是原生的，有根的，而不是被用烂了的熟语或被意识形态改造了的陈词滥调，他们的语言具有可以不断体味并让你意识到什么是"一词一世界"的魅力。

（《完整性写作》，《作品》，2016年第7期）

● 王士强认为，诗歌中的"在场"与"不在场"是一对颇为有趣的范畴，有时不吝啬笔墨连篇累牍所书写的，其实并不是作品真正要表达的；有时全篇无一字提及，却是须臾未曾离开的焦点与重心。诗歌以形象见长，需要"在场"，如此诗歌才能够成为"实有"，而同时，诗歌真正要表达的，又往往是"不在场"的，是在言说之外的，它是穿行于语词的缝隙但却看不见摸不着、不可把捉的精灵。诗歌妙在于"在场"与"不在场"之间达成了微妙的平衡，"在场"的各部分之间应该发生化合反应而产生出召唤性、开放性的"不在场"，否则作品便不能引起人的兴发感动，造成艺术上的失败。

（《诗歌中的"在场"与"不在场"》，《清明》，2016年第4期）

●**刘波**认为真正有立场的诗评家，似乎应该与喧嚣的媒体批评保持距离，这样或许能更清楚地认识到诗歌内部存在的问题。在网络时代，媒体对诗歌的批评，只能作为我们全面认识诗人写作的一个参照，而不能将其当作评判和遴选的标准。众声喧哗的网络批评意见确是扩大了诗歌在大众层面的影响，它直接体现为审美的多元化，从而打破了诗坛二元对立的格局，各种不同的诗歌写作风格，都可以在网上找到自己的平台与阵地。相应地，诗歌的丰富性变得越来越不可把握，这对于批评家来说，面临着一个很大的挑战，即诗歌评判的标准问题。

(《论新世纪诗歌批评的文体意识重建》，《山花》，2016年第7期)

●**霍俊明**认为，现代诗的活力和有效性以及难度不仅是一个写作技艺问题，而且涉及诗人对材料的敏识，对求真意志的坚持，对诗歌包容力的自觉。对于八九十年代的中国诗人而言，写出玫瑰、火焰、天堂、教堂等"大词"、"圣词"并非难事，关键在于诗人对本土语境、当下和现场的有效揭示和命名能力——一种还原和包容生存和经验的现场感的努力和勇气。这也是为什么中国的先锋诗歌不够"深入人心"的重要原因。中国诗歌背后一直都站着几个西方大诗人，中国的诗歌一直在借用不是来自于本土和生命本身的语言、修辞和身份在说话。

(《刻意缩小的闪电与青铜墓地》，《钟山》，2016年第3期)

●**西边**认为，诗人既是音乐家，也是建筑师，总是以少有人知的节奏，拆解重构着一切的熟悉。他的诗每个片段都可以轻松地介入，但是联到一起后，却又面目全非，诗里充斥着跳跃的身影。结构是诗中最高亢的语调。我们的诗歌写作应该成为自身向当下语言极限的挑战，并必然与当代语境下普遍浮躁的阅读姿态构成尖锐的冲突。

(《与诗有关的笔记片断》，《诗歌月刊》，2016年第4期)

●**周瑟瑟**认为，任何驯服都是有罪的，任何接受驯服的写作都是窝囊的写作，应该拒绝。不要在诗歌写作上谋求同道，任何一个同道都是你写作的独特性的敌人，杀死同道，让同道变成异己才是正常的写作。建立自己的诗歌传统，不要被一个并不成型的当代诗歌的传统所迷惑，我们所面对的当代诗歌的传统资源还相当薄弱，我们都是这一传统的创造者，而非直接继承者。我们要建立当代诗歌传统，就要建立起传统的现代性，在我们的写作中去构建现代诗歌新的传统。只有独立写作才能建立起有别于中国新诗发展百年的当代诗歌传统。我们这两代人与下两代人处在诗歌历史的重要转折期，这是最好的时代也是最坏的时代，惟一可以坚守的底线是以自己的方式写作。

(《〈新世纪中国诗选〉前言》，《卡丘杂志》微信公众号，2016年8月31日)

●**魏天无**认为，失败既是诗人的宿命，也何尝不是诗人的荣耀。当下诗歌的失败以及我们的诗人听闻失败的那种态度，反映出新诗写作就是远远达不到应有的境界，所以只能在另一个层面上，也就是在自我作为诗人存在的合法性以及实际利益的前提下论成败。因此，要和那些被季羡林先生的"失败论"所激怒的人进行讨论，还得先找到一个基点。新诗是否失败，自然要看衡量的标准是什么。如果今天的诗人能够意识到，诗歌的失败是命定的，那么他们将比较容易从"潮流"和"时事"中抽离，朝着自己设定的那个不可企及的目标，也就是朝着失败，从容迈步。

(《再造汉语诗学传统》，《南方文坛》，2016年第3期)

●**大解**认为，细节入诗，往往会事半功倍，容易在人的心理上刻下划痕，给人留下深刻的印象。细节也是诗歌的血肉，使诗变得生动而又丰满。越是带有叙事性质的诗，细节充盈的可能性越大，反之，依靠理性直奔真理的诗，很难使用细节。从小处着眼，给细节留下足够的空间，但也不排除理性的横冲直撞，大刀阔斧，在绵密的细节中鲁莽一闪。但细节不是细碎，不是凌乱，不是小肚鸡肠。细节是情趣，是纹理，是司空见惯又陌生化的具象描写，有助于强化人的感官印象，具有立体的多重性效果。细节进入诗歌，不必用心提炼，而是要善于发现，在复杂的人间世象中找到那些具有杀伤力的东西，点滴入骨，一剑封喉。所以，一个生动的细节，胜于十句言说。

（《大解访谈：细节入诗，往往事半功倍》，《芳草》，2016年第4期）

●**苗雨时**认为，一个诗人的创作，在一段时间内，应有自己较为集中的精神探索和艺术追求：范围、观念、意象、构思、技巧，乃至独特的话语方式。这样，稳步推进，容易出特色，出成果，并获致显著的进步。但也不能自我满足，应该适时地更换写作姿态，进行艺术变构，开始新的创造。因为，长此以往，轻车熟路，形成习惯，也会导致停滞，踏步不前。诗歌的艺术生命，在于创造，在于出新。对于一个诗人来说，就是要不断地自我突破，及时地改弦更张，以永葆自己的艺术青春，使自己的诗歌时时呈现蓬勃而新异的生长形态。

（《诗人最大的难题是突破自己——简论诗歌的创新》，苗雨时的博客，2016年7月18日）

●**贺桂梅**认为，新诗已有百余年的历史，但在现代文学的各种文体中，到今天只有诗歌前面还带着一个"新"字，这说明它有一种自我确认的紧张感。新诗最大的压力，来自中国几千年的古典诗歌传统，它总是要在古典的阴影下发展自己。与古典传统的这种紧张关系，也表明新诗的另一特点，即它还处在未完成的、展开中的状态。而这恰恰是"现代"的基本品性：时刻处在创造自我的过程中。在这个意义上，诗是现代各种文体如小说、戏剧、散文等中，最有创造的可能性、还处在发展中的未完成文体，因为它要不断地创造自身。这种现代性内涵，其实接近福柯论述波德莱尔的诗，是一种现代的精神品质。

（《世纪视野中的百年新诗》，中国诗歌网，2016年8月31日）

●**杨炼**认为，要重视古汉语作为书面语言的传统，正是书面语的相对稳定形态保证了中华文明的延续。他曾经强调"诗的自觉"，那底蕴正是诗人持续的自我怀疑。作者对自己的诘问，经由作品显形，即使遮掉写作日期，那内在的递进也该呈现出一条清晰的轨迹。这或许只是奢望，让现实与语言的互相启示、中文性理解深度与诗作形式思考的互相激发、传统重构与个人独创性的互相引导，贯穿他的写作。面对文化的多元化，如果离开这个深度写作要求，所谓当代中文诗无异于自欺欺人。我们的问题是，没有充分发展的各个国家、民族的文化，何来多元文化？诗得把自己放弃到什么程度，才能无障碍地在不同语言之间交流？中文的意义正在于它不得不在自身之内进行现代转型。

（《诗人独创性的活力　才能让传统生长表现方式》，中国诗歌网，2016年8月25日）

精诚所至
——故缘夜话六十八弹

◆ 李亚飞

继前段时间的暴雨之后，江城又迎来了酷热难耐的天气，10月已至，可江城似乎并没有降温的迹象。往年此时，可是丹桂飘香，满城香甜，现在桂花树上还是绿绿一片，连星星点点的黄色花骨朵都没有。夏天悄然在变长，秋天已经迟到了。

赶在国庆佳节前夕，本月的编辑会也召开了。阎志最早来到"故缘"，等我们一落座，便开始询问："第十卷的样书在哪里？我要好好地看看。"

本卷相关

"本卷的主题是武汉诗歌节吧？"阎志一边翻看，一边自言自语。

翻开封面封底，他便提出了意见："封二上的第一张照片换成现场大背景图，清晰一点的；晚会的照片尽量多一些，要有气氛和韵味……"阎志抿了一口茶，继续往后翻看。

"'武汉诗歌节侧记'就应该写得更详细，是我们整个活动的忠实记录。这个标题都变成8字短语更整齐精炼，你再斟酌一下。"阎志对着编辑李亚飞说道。紧接着他又将目光投向了《中国诗人面对面——北岛专场》，"从去年开始，我们就开始着手将每一次的'诗人面对面'记录下来，这是非常有价值的事情，有可能会成为武汉诗歌历史上的重要资料。所以你们要认真对待，来不得半点马虎。"阎志说道。

此时，车延高大步走进"故缘"。"车书记，你终于来了，跟你打了好多电话都未接通，还以为你玩'失踪'呢！"谢克强半开玩笑地说道。

"哎呀，真是抱歉，我手机没电了，刚一路走过来都在想你们肯定都在等我呢。"车延高抱歉地回应。随即赶忙坐下，并拿起桌上的样书认真翻阅。邹建军见状，便调侃道："你们看，车书记看书时都不讲话的呢。""我对待文字是非常认真的。"只见车延高端坐在桌前，头也不抬，手里的笔在纸上来来回回地写着。小编心想：认真工作的人才是最值得我们学习和尊重的。

"'头条诗人'的作者道辉的文字感觉比较另类啊，用语奇特，想象力也出人意料，需要读上好几遍才能领会他的意思，你们觉得放在头条好还是放在探索频道更好？"车延高发问。

谢克强沉思片刻后说："我觉得这一卷'女性诗人'的诗倒还写得不错，比较清新，也有生活气息。不少诗是基于平常事物的深思，想象丰富，笔触细腻，我看可以换作头条诗人。"接着又补充道："作者向晓青是我们第一届'新发现'学员。不过还得要她再补充一点新作。"

"啊，是我们'新发现'学员，那正好！这卷的头条诗人就换成她的，推新人推新作是我一贯的主张。"阎志边说，边翻看向晓青的诗。

改版之再讨论

"明年《中国诗歌》就要改版了，我还有几个问题想跟你们讨论一下。比如，'诗学观点'板块是否还需要？"谢老师率先提出自己的想法。

"从明年开始，每月一个主题，每一卷已经不再细分板块。"阎志回答道。

"可是头条是我们的特色，那样每一卷岂不是没有头条了，那闻一多诗歌奖怎么评选？"谢老师继续追问。

"改版也是我们的特色。每一卷总归有质量最好的诗歌作品，将它放在最前面，岂不是自然的头条？"阎志笑了笑，算是作为回答了。

"按照上一次的讨论，每一卷是不同的主题，其中就包括诗歌评论卷、诗词卷等，这些作者有可能不是诗人，他们能参与闻一多诗歌奖的评选么？"谢克强提出了自己的疑问。

"依然可以。我们只是扩大了闻一多诗歌奖候选人的参选范围，给予诗词界、理论界一个机会，不也是推动了中国新诗以及中国文学的发展么？这并不有悖于当初设立这个奖项的初衷。"阎志斩钉截铁地回复。

"那'故缘夜话'还存在么？"邹建军笑着说道。

"我们每次的编辑会应该算作一个小型的专题讨论会，'故缘夜话'变成编后记，但是当月发，时效性更强。"阎志对着众编辑说道。

谢老师听闻之后，大声感叹："那我们的编辑方针恐怕也要改变咯！"

2017年，《中国诗歌》将全面改版，每月一本，依次为新发现诗选、大学生诗选、女诗人诗选、诗词选、爱情诗选、网络诗选、诗歌评论卷、实力诗人诗选、民刊诗选、武汉诗歌节作品选、闻一多诗歌奖获奖诗人作品选、年度精选。期待着在编辑部同仁的多次讨论之后，2017年的改版会带给读者耳目一新的感受。

诗漫江城

"对了，你们有没有收看武汉电视台关于'诗漫江城'诗歌音乐会的转播啊？我看了两遍，比去年的转播更全面，更有现场感。"正当大家在思考《中国诗歌》改版的时候，谢老师打破了沉寂。

2016年的武汉诗歌节如期在8月24日举办，囊括了诗人面对面之北岛、吴思敬、李少君、张清华、梅丹理等专场，中国新诗与世界圆桌会议，99诗展，诗歌音乐会等活动。4天里，99位中外诗人谈诗论诗，一万多名观众赏诗诵诗，三千多本诗集销售一空，武汉俨然成为一座读诗之城，再度擦亮"江城亦是诗城"的千古美名。武汉诗歌节也成为今夏全国诗坛瞩目、影响面甚广的一场文化盛事。

编辑会快结束时，谢老师提到前些时日去参加了鲁迅文学奖获得者马新朝的追悼会。阎志提议：作为我们第四届闻一多诗歌奖得主，他也应该享受到应有的尊重，我们应该为他做一个纪念特辑，愿逝者安息！